Vera E.B. Schönfeld

Mit leuchtenden Augen ... LEBEN

Wenn nicht jetzt, wann dann?

Band 1 aus der Buchreihe:

Mit leuchtenden Augen

AF176700

Dieses Buch habe ich in Gedenken
an meine Mutter geschrieben,
in Dankbarkeit.

Viele dieser Geschichten hätten ihr
ein Lächeln
ins Gesicht gezaubert.

~~~~~~~~~~~~

Vera E·B· Schönfeld

Mit leuchtenden Augen

··· leben

Wenn nicht jetzt, wann dann?

Band 1 aus der Buchreihe:

Mit leuchtenden Augen

Bibliographische Informationen der deutschen Nationalbibliothek:
Die deutsche Nationalbibliothek verzeichnet diese Publikation in der deutschen Nationalbibliographie; detailierte bibliographische Daten sind im Internet über http://dnd.dnd.de abrufbar.

Vera E.B. Schönfeld
Mit leuchtenden Augen leben
Wenn nicht jetzt, wann dann?

Herstellung und Verlag:
BoD - Books on Demand, Norderstedt

ISBN: 978-3-752-64716-7

Copyright © 2020 Vera E.B. Schönfeld
2. korr. Auflage 2020

V.E.B.Schoenfeld@web.de

INHALT

PROLOG

Ein neuer Abschnitt meines Lebens beginnt.

Offen sehe ich ihm entgegen.

Strecke meine Arme aus.

Empfange ihn herzlich.

Mit leuchtenden Augen.

MIT AUGEN VOLLER VERTRAUEN

Wie schön wäre es ...

mit Augen voller Vertrauen

in die Welt und in das Leben

zu blicken?

Wie das gehen kann?

Das erfährst Du
in den 5 Geschichten dieses 1· Kapitels·

SPRUNG INS VERTRAUEN

Im Bauch eines Flugzeugs.

Lauter Motorenlärm betäubt meine Ohren.

Ich sitze eingezwängt zwischen gut 20 Menschen. Ganz dicht vor Christian, den ich erst seit einer guten halben Stunde kenne und mit dem ich eng verbunden bin. Anders ausgedrückt: Ich bin an ihm festgeschnallt. Kein Entkommen!

Will ich das?

Christian ist Tandemmaster für Fallschirmspringen. Gleich wird er mit mir aus 4000 Metern Höhe in die Tiefe springen. Bin ich wahnsinnig? Mein Leben einem völlig Unbekannten anzuvertrauen? Ich spüre, wie Panik in mir aufsteigt, mein Atem schneller wird.

"Ruhig, g a n z   r u h i g ", sage ich zu mir selbst,

"e i n a t m e n ···, a u s a t m e n ···,

g a n z   l a n g s a m ···"

Es wirkt, ich werde etwas ruhiger.

"Gleich haben wir die 4000 Meter erreicht", sagt Christian und zeigt mir seinen Höhenmesser am Handgelenk, "dann geht's los." Christian ist die Ruhe in Person, ein erfahrener Tandemmaster. Er hat mir vorher alles genau erklärt· Ich kann sicher sein· Und für den Moment bin ich es wieder·

Ich denke an meinen Traum· Seit über 25 Jahren träume ich ihn: Fallschirmspringen! Im ganzen Körper spüre ich es, das Gefühl, durch die Luft herabzuschweben· Heute wird es wahr werden! Die Ruhe breitet sich weiter in mir aus, ich lächle in mich hinein·

Dann öffnet sich die Luke, ein Stück blauer Himmel ist zu sehen, ein paar Wolkenschwaden ziehen vorüber· Das erste Tandempaar steht auf, geht nahe an die Luke· Der Tandempassagier hebt die Beine hoch, lässt sich in den Gurt fallen, legt den Kopf nach hinten· Der Tandemmaster springt· Und schon entschwinden beide meinem Blick, nach unten weg· Die Nächsten sind dran und die Nächsten·

Nun stehen wir ganz vorn· Ein Blick in die Tiefe· Puh, sind wir hoch! Sind die kleinen Streichholzschachteln da unten wirklich Häuser? Und die schmalen grauen Linien, sind das die Straßen? Zu allem Überfluss fällt mir gerade noch ein, dass ich ja eigentlich Höhenangst habe· Genau in dem Moment sagt Christian, ich soll meine Beine hochheben, damit ich sicher im Gurt hänge·

Ich will nicht !!!

Mein Herz klopft unnatürlich laut, mein Blut pocht in allen Adern. Angst macht sich breit.

ICH MACH DAS NICHT !!!

Meine Beine bleiben stehen.

Jetzt.

Für immer.

Für alle Zeit!

Doch schon den Bruchteil einer Millisekunde später sehe ich mich vor meinem inneren Auge Fallschirmspringen. Im ganzen Körper spüre ich es, das Gefühl, durch die Luft herabzuschweben.

Und ich drehe meine Angst um. Ich spüre Vertrauen in meinem ganzen Körper, von den Zehenspitzen bis zum Kopf.

Ja, ich will da runter, jetzt!

Ich v e r t r a u e !

Ich hebe meine Beine hoch.

Lasse mich in den Gurt fallen.

Lege den Kopf nach hinten.

Und Christian springt. Mit mir.

W O W !!!

~~~~~~~~~~~~

Zum vertiefenden Blick:

Gibt es etwas in Deinem Leben, das Du immer schon gerne getan hättest, wenn Du dich trauen würdest? Wie schön wäre es, wenn Du die Angst davor überwinden könntest, umdrehen könntest in Vertrauen?

FRÜHSCHWIMMEN IM SEE

Die Luft ist klar und kühl. Der Frühnebel liegt noch auf dem Wasser und beginnt sich im wärmer werdenden Sonnenlicht langsam aufzulösen.

Meinen Badeanzug habe ich schon an, schnell unter die kalte Dusche und dann in den See. Das Wasser ist wärmer als die Luft, umspielt weich und angenehm meinen Körper. Ich gleite mühelos durchs Wasser. Wie gut das tut! Tief atme ich die frische Morgenluft ein. Genieße meine Bewegungen im weichen Wasser.

Bin eins mit dem Wasser.

Eine Weile später sitze ich frisch geduscht und trocken auf einer Bank. Schaue über das Wasser. Allmählich löst sich auch der letzte Frühnebel auf, während die Sonne den wolkenlosen Himmel anlacht. Beide gemeinsam spiegeln sich im glitzernden Wasser.

Ich genieße die morgendliche Ruhe und Stille.

Welch schöner Tagesbeginn!

Eine Weile später stehe ich von der Bank auf, voller Vertrauen in den Tag ...

~~~~~~~~~~~~

Zum vertiefenden Blick:
Wie kannst Du deinen Tag voller Vertrauen beginnen?

HUNDEHAUFEN ODER SONNENAUFGÄNGE?

ER lebte ein ganz normales Leben. Mit Sonnenaufgängen am Morgen, mit ein paar Hundehaufen am Wegesrand und vielem mehr.

Eines Morgens beobachtete ER einen ganz besonders schönen Sonnenaufgang. ER stand auf einem kleinen Hügel, ein Stück außerhalb des kleinen Dorfes, in dem ER lebte. Der Himmel leuchtete in den schönsten Farben. ER machte einige schöne Fotos und genoss den Anblick. Von diesem kleinen Hügel aus betrachtet waren die Sonnenaufgänge noch schöner als anderswo. Der Horizont war so weit. Und da war dieser Baum am Horizont, der einzelne Baum im Gegenlicht. Er verlieh dem Anblick einen ganz besonderen Reiz.

Hierher wollte ER von nun an jeden Morgen gehen.

Die schönsten Fotos des Sonnenaufgangs setzte ER in seinen Status auf allen Medien und verschickte sie an alle Freunde. Und ER schrieb von dem wunderbaren kleinen Hügel, von dem aus betrachtet die Sonnenaufgänge noch schöner seien als anderswo.

Auf dem Weg zu seinem Haus dachte ER an den besonders schönen Sonnenaufgang. Doch gleichzeitig dachte ER, dass das Leben ja nicht nur aus Sonnenaufgängen bestehe. Nein, es gäbe ja auch

Hundehaufen. Erst vor ein paar Tagen war ein Freund in einen getreten. Während ER so vor sich hindachte, achtete ER nicht auf seinen Weg. Da passierte etwas Unangenehmes. ER trat in einen Hundehaufen. Igittigitt! Erst machte ER ein paar Fotos. Dann streifte ER den Dreck notdürftig von seinem Schuh ab, indem ER den Fuß im taufrischen Gras hin- und her bewegte.

Die ekligsten Fotos mit seinem Schuh im Hundehaufen setzte ER in seinen Status auf allen Medien und verschickte sie an alle Freunde. Und ER schrieb davon, dass sich alle in acht nehmen sollten vor Hundehaufen.

Zu Hause angekommen stellte ER fest, dass noch Reste vom Hundehaufen an seinem Schuh klebten. Wieder machte ER Fotos. Dann wusch und wischte ER die Reste gründlich fort. Danach wurden die Schuhe von ihm gründlich poliert.

Die deutlichsten Fotos setzte ER in seinen Status auf allen Medien und verschickte sie an alle Freunde. Und ER schrieb davon, wie eklig das wäre, wie es stinke und wie viel Arbeit und schlechte Laune so ein ekliger Haufen mache, und wie wütend ihn das machte.

Seine Freunde antworteten auf seinen Status. Einige freuten sich mit ihm über die schönen Sonnenaufgänge, andere äußerten Mitgefühl für seinen ekligen Hundehaufen·

Sein Freund, der vor wenigen Tagen auch in einen Hundehaufen getreten war, schickte noch ein Foto von seinem Hundehaufen mit· Und noch ein weiteres Foto von einem großen Hundehaufen, in den er vor langer Zeit einmal getreten war· Sofort tauschten sich beide über diese aus· Wie eklig sie waren· Wie sie stanken· Wie viel Arbeit und schlechte Laune sie machten· Und wie wütend sie das machte·

Ein anderer Freund fragte, wo der kleine Hügel sei, auf dem es so wunderbare Sonnenaufgänge zu beobachten gäbe· Und ob sie morgen früh gemeinsam dort hingehen könnten, um einen wunderschönen Sonnenaufgang zu beobachten·

Darauf antwortete ER nicht· ER hatte keine Zeit· Der Austausch über die Hundehaufen nahm all seine Zeit in Anspruch·

Am nächsten Morgen wollte ER wieder zu dem kleinen Hügel gehen und einen schönen Sonnenaufgang beobachten· Das hatte ER sich ja vorgenommen· ER machte sich auf den Weg· Sorgsam hielt ER Ausschau nach Hundehaufen· Wollte ER doch auf keinen Fall in einen hineintreten· Da sah ER schon den ersten Haufen· Am anderen Straßenrand· Wie ärgerlich! Immer diese Hundehaufen! So dachte ER. Und ER wechselte zur anderen Straßenseite, um ein paar Fotos zu machen.

Die abstoßenden Fotos dieses ekligen Haufens setzte ER in seinen Status auf allen Medien und verschickte sie an alle Freunde. Und ER schrieb davon, wie eklig gerade dieser Hundehaufen von der anderen Straßenseite wäre. Und dass er stinke.

Dann ging ER weiter. Nun achtete ER noch sorgsamer auf Hundehaufen. ER schaute aufmerksam vor sich, neben sich und weit in alle Richtungen. Wollte ER doch auf keinen Fall einen dieser Haufen übersehen. Da sah ER auch schon den nächsten Hundehaufen. Eklig und groß. Auf einer Wiese. Schnell ging ER hin. Über die Straße, über den Grünstreifen. ER kletterte auch über den Zaun. Dann machte ER ein paar Fotos. Und ärgerte sich über den ekligen Hundehaufen. ER ärgerte sich sehr!

Diese widerlichen Fotos des ekligen Haufens auf der Wiese setzte ER in seinen Status auf allen Medien und verschickte sie an alle Freunde. Und ER schrieb davon, wie unverschämt es war, dass es sogar auf Wiesen eklige Hundehaufen gäbe. Und dass es ihm stinke.

Als ER weitergehen wollte, sah ER schon den nächsten Hundehaufen, in weiter Ferne. ER machte sich auf den

Weg zu diesem Haufen. Sicher würde dieser ganz besonders eklig sein. Einige Fotos wären wichtig. Für seinen Status und für alle seine Freunde.

Zum kleinen Hügel ging ER heute nicht mehr. Und den Sonnenaufgang hatte ER nicht mitbekommen. So sehr war ER auf die Hundehaufen konzentriert. Irgendwann war es hell geworden. Da konnte ER die Haufen noch besser sehen. Wieso hatte ER nur früher nie Hundehaufen gesehen? All diese vielen, eklig stinkenden Hundehaufen?

Als ER wieder zu seinem Haus kam, war ein Hundehaufen direkt vor seiner Haustür. Wie erbost war ER da! Wenn ER den erwischen würde, der das war! Die übelsten Beschimpfungen stieß ER aus. ER machte Fotos. Viele Fotos. Und ER setzte alle Fotos in seinen Status auf allen Medien und verschickte sie an alle Freunde. Und ER schrieb davon, wie unverschämt es war, dass dort ein Hundehaufen lag. Und dass man denjenigen bestrafen müsse, der dafür verantwortlich sei.

Sein Freund mit dem großen Hundehaufen von vor langer Zeit stimmte ihm zu. Und ER hatte auch schon einen Verdacht, wer es gewesen sein mochte. Natürlich wisse ER es nicht sicher, aber es könne ja sein. Und wieder redeten beide den gesamten Tag über eklige Hundehaufen. Bis in die Nacht hinein.

Sein anderer Freund fragte noch einmal, wo der kleine Hügel sei, auf dem es so wunderbare Sonnenaufgänge zu beobachten gäbe. Und ob sie vielleicht morgen früh gemeinsam dort hingehen könnten, um einen wunderschönen Sonnenaufgang zu beobachten.

Das fand ER unverschämt. Was bildete dieser sogenannte Freund sich eigentlich ein? Wie konnte er an Sonnenaufgänge denken, wo ER doch einen Hundehaufen vor der Tür hatte. Und wo es doch all die anderen Hundehaufen gab. Voller Wut strich ER diesen Freund von seiner Freundesliste.

Schöne Sonnenaufgänge am Morgen gab es fortan für ihn nicht mehr.

Sein Leben ging weiter. Es bestand von morgens bis abends und bis in die Nacht hinein aus Hundehaufen. Dabei waren die meisten davon noch nicht einmal seine eigenen. Aber das störte ihn nicht. ER sah nur noch Hundehaufen, fotografierte Hundehaufen, redete über Hundehaufen, verbreitete Hundehaufen, roch überall Hundehaufen. All diese widerlichen Haufen waren nun sein Leben geworden. Tag für Tag.

Und eines Tages schmeckte ihm auch sein Essen nicht mehr. Es schmeckte nach Hundehaufen und ER hörte auf zu essen. Sein ganzes Leben war ein einziger großer

Hundehaufen geworden· Nichts machte mehr Spaß, nichts war schön· Das Leben machte keinen Sinn mehr·

Da dachte ER abends vor dem Einschlafen in seiner Verzweiflung an die Sonnenaufgänge seiner Vergangenheit· In weiter Ferne· Vor unendlich langer Zeit· Ob es wohl noch Sonnenaufgänge gab? Ob ER das Angebot von seinem Freund damals hätte annehmen sollen? Mit ihm auf den kleinen Hügel zu gehen und schöne Sonnenaufgänge zu beobachten? Aber dafür war es zu spät· Auch war ER zu schwach und müde, um weiter darüber nachzudenken· So schlief ER ein·

Am nächsten Morgen wurde ER noch bei Dunkelheit von einem Klingeln an seiner Tür geweckt· Wer mochte das sein? ER schleppte sich an die Tür· Vor der Tür stand sein alter Freund, den ER damals von seiner Freundesliste gestrichen hatte· Er wollte mit ihm auf den kleinen Hügel gehen und den Sonnenaufgang beobachten· Aber all die vielen Hundehaufen, wandte ER ein· Der alte Freund fürchtete sich nicht vor Hundehaufen· Es ginge hier schließlich darum, einen schönen Sonnenaufgang zu sehen·

Da dachte ER wieder an seine Gedanken vom Vorabend·

Ob es doch nicht zu spät war?

Sollte ER es wagen?

Und ER kam mit. Es fiel ihm nicht leicht zu gehen. Sein alter Freund stützte ihn. So gingen sie in Richtung des kleinen Hügels, um den Sonnenaufgang zu sehen. Der Himmel war klar. Unterwegs sah ER viele Hundehaufen. Rechts und links des Weges, auf den Wiesen und überall. ER gab sich Mühe, sie nicht zu beachten.

Irgendwann kamen sie bei dem kleinen Hügel an.

Genau in diesem Moment ging die Sonne auf. Erst war sie noch in eine Wolke gehüllt. Dann zeigte sie sich in ihrer ganzen Pracht. Wunderschön! ER konnte es nicht glauben, dass es so etwas Schönes gab. Der ganze Horizont leuchtete und war so weit. Und da war dieser Baum am Horizont, der einzelne Baum im Gegenlicht. Er verlieh dem Anblick einen ganz besonderen Reiz.

Der alte Freund hatte etwas zum Essen und Trinken dabei. Und so saßen sie auf dem kleinen Hügel, sahen den wunderschönen Sonnenaufgang und genossen das kleine Picknick. Es schmeckte IHM gut. Und so aß und trank ER und schöpfte wieder Kraft. ER sah dabei dem strahlenden Sonnenaufgang zu und schöpfte noch mehr Kraft.

Da reifte ein Entschluss in ihm, stieg aus seinem Innersten auf und erfasste sein ganzes Sein:

Hierher wollte ER von nun an jeden Morgen kommen und Sonnenaufgänge ansehen· Kein Hundehaufen der Welt konnte ihn davon abbringen· Keiner! Nie mehr!

Fortan ging er jeden Morgen zum kleinen Hügel und sah den Sonnenaufgang· Wunderschön! Jeden Tag auf eine andere Art· Der ganze Horizont war so weit· Und immer war da dieser Baum am Horizont, der einzelne Baum im Gegenlicht· Er verlieh dem Anblick einen ganz besonderen Reiz·

Die schönsten Fotos des Sonnenaufgangs setzte ER in seinen Status auf allen Medien und verschickte sie an alle Freunde· Und ER schrieb von dem wunderbaren kleinen Hügel, von dem aus betrachtet die Sonnenaufgänge noch schöner seien als anderswo·

Und die Hundehaufen in seinem Leben? Waren die plötzlich weg?

Nein·

Doch mit jedem Sonnenaufgang wurden sie unwichtiger· ER merkte, wie weit weg die meisten Hundehaufen waren· Dass sie nichts mit IHM zu tun hatten·

Und ER fasste Vertrauen, dass es immer Sonnenaufgänge in seinem Leben geben würde·

Und aus dem Vertrauen wurde Gewissheit·

~~~~~~~~~~~~

Zum vertiefenden Blick:

Wer ER war? Ein Freund oder entfernter Bekannter, vielleicht war ER auch ein kleiner Teil in Dir oder mir. Das spielt keine Rolle. Wichtig ist:

Worauf setzt Du jetzt deinen Fokus im Leben? Auf die Hundehaufen dieser Welt oder auf Deine Sonnenaufgänge?

Wie gewinnst Du wieder neues Vertrauen, wenn dein Fokus auf den Hundehaufen lag?

Wie schaffst Du es, immer mehr auf die Sonnenaufgänge zu vertrauen?

FRAU USEBUSE UND DAS KLEINE VIRUS

Frau UseBuse kommt von einer Weltreise zurück, von einer weiten Weltreise. In der einen Hand hält sie ihren Koffer, den großen, schweren Koffer. In der anderen Hand hält sie eine große, schwere Einkaufstasche. Frau UseBuse geht in ihre Wohnung. Den großen, schweren Koffer stellt sie in den Flur und die Einkaufstasche stellt sie in die Küche. Dann zieht Frau UseBuse ihren Mantel aus, den grünen Reisemantel mit bunten Blumen. Ihre Reisestiefel zieht sie auch aus, die blauen Reisestiefel. Und ihren Reisehut legt sie auf die Garderobe, den blauen Reisehut mit oranger Schleife. Danach geht Frau UseBuse ins Badezimmer. Sie wäscht ihre Hände. Gründlich und lange, mit viel Seife. Zum Schluss spült sie die Hände mit viel klarem Wasser und trocknet sie ab, gründlich.

Als Nächstes geht Frau UseBuse in die Küche. Sie packt ihre Einkaufstasche aus. Denn Frau UseBuse hat viel eingekauft: Käse und Milch, Tomaten und Äpfel, Brot und Reis und Zwieback. Und viele andere Lebensmittel. Und Klopapier. Frau UseBuse stellt alles weg. Den Käse und die Milch stellt sie in den Kühlschrank genauso die Tomaten und viele andere Lebensmittel. Viele andere Lebensmittel. Die Äpfel legt Frau UseBuse in die Obstschale. Das Brot kommt in den Brotkorb. Den Reis und das Päckchen Zwieback stellt sie in die Speisekammer, zusammen mit vielen anderen Lebensmitteln. Das Klopapier legt sie ins Badezimmer.

„Ach, ist das schön", denkt Frau UseBuse, „nun habe ich genug zu essen im Haus." Denn genug zu essen braucht Frau UseBuse. Das ist wichtig, sehr wichtig. Frau UseBuse setzt sich auf die Küchenbank. „Was habe ich im Radio gehört?", überlegt sie, „ich soll die nächste Zeit am besten zu Hause bleiben? In meiner Wohnung?" Und die meisten anderen Leute sollen auch am besten in ihrer Wohnung bleiben. Auch ihr Nachbar, der dicke Nachbar.

Der Grund ist ein Virus, ein kleines Virus. Weil das Virus so klein ist, kann es ganz leicht in die Nase oder in den Mund und in den Hals von Frau UseBuse gelangen, ohne dass Frau UseBuse es merkt und ohne, dass sie es sehen kann. Und wenn das kleine Virus in Frau UseBuses Hals ist, kann Frau UseBuse krank werden. Vielleicht nur ein bisschen, aber vielleicht auch ganz doll. Beides ist möglich. Es gibt auch Menschen, die sind vom kleinen Virus ganz, ganz doll krank geworden. So doll, dass sie gestorben sind. Das will Frau UseBuse nicht. Nein, das will sie nicht. Sie will lieber gesund bleiben, ganz gesund!

Es gibt nicht nur ein einziges kleines Virus, sondern viele, ganz viele! Viele hundert-tausend-millionen-milliarden Coronaviren. Soweit kann Frau UseBuse gar nicht zählen. Wenn jemand die kleinen Viren im Hals hat und hustet, dann kommen einige dieser Viren wieder raus und bleiben eine Weile in der Luft. Wenn dann Frau UseBuse ganz nah bei dieser Person ist, kann sie die Coronaviren einatmen. Dann kommen sie in Frau UseBuses Nase oder Mund und wandern von da aus in den Hals. Dann würde Frau UseBuse sich anstecken. Und vielleicht krank werden, Halsschmerzen bekommen und Fieber. Das will Frau UseBuse nicht. Nein, auf keinen Fall!

„Ob ich mich vielleicht schon angesteckt habe?", fragt sich Frau UseBuse, „auf meiner Weltreise?" Gestern hatte eine Frau gehustet. Ganz dicht bei Frau UseBuse. „Ob ich mich da angesteckt habe?", fragt sich Frau UseBuse, „und ob ich jetzt ganz doll krank werde und ... sterbe?" Frau UseBuse sieht sich tot umfallen. Sofort zieht sich in ihrem Bauch etwas zusammen. Das ist unangenehm, sehr unangenehm! Sie zittert ein wenig. Frau UseBuse hat Angst, große Angst! Sie möchte nicht sterben. Nein, auf keinen Fall!

„Was mache ich nur?", fragt sich Frau UseBuse, „ich möchte doch gesund bleiben!" Und Frau UseBuse denkt nach. Aber Frau UseBuse kann nicht richtig nachdenken, nein, das kann sie nicht! Das unangenehme Gefühl im Bauch stört· „Mit Angst im Bauch kann ich nicht nachdenken", schimpft Frau UseBuse, „wie werde ich die nur los?"

Zum Glück hat Frau UseBuse sofort eine Idee, eine gute Idee! „Ich verwandele die Angst in Vertrauen· Ganz einfach!" Frau UseBuse weiß, wie das geht· Das hat sie auf ihrer Weltreise gelernt, auf ihrer weiten Weltreise·

Das ist einfach, ganz einfach:

Angst rausnehmen, umdrehen, als Vertrauen wieder reintun·
Fertig!
Denn umgedrehte Angst ist Vertrauen· Das weiß jedes Kind·
Ganz einfach!

Die Angst von Frau UseBuse ist im Bauch, das spürt Frau UseBuse ganz genau· Sie nimmt die Angst aus ihrem Bauch, mit ihren Händen· Dann dreht sie die Angst in ihren Händen um· Und umgedrehte Angst ist Vertrauen· Das weiß jedes Kind· Und das Vertrauen tut Frau UseBuse wieder rein, in ihren Bauch· Fertig! Dann atmet sie tief ein und aus· So, nun hat Frau UseBuse Vertrauen im Bauch, das spürt sie ganz genau·

Das fühlt sich gut an, sehr gut! Schon sieht sie sich froh und munter hüpfen.

Frau UseBuse springt von der Küchenbank auf und hüpft froh und munter durch die Küche. Als sie dabei an sich runterschaut, sieht sie ihre Beine in der Luft. Frau UseBuse lacht. Das sieht lustig aus, sehr lustig! Sie lacht weiter und kann nicht mehr hüpfen. Also setzt sie sich auf die Küchenbank und lacht noch eine Weile.

Da fällt Frau UseBuse wieder ein, was sie im Radio gehört hat. Es ist auch möglich, die kleinen Viren im Körper zu haben und gesund zu bleiben. „Ich bleibe bestimmt gesund", denkt Frau UseBuse, „ganz bestimmt!". Sie sieht sich froh und munter hüpfen. Und freut sich. Jetzt ist Frau UseBuse voller Vertrauen. Ja, das ist sie!

~~~~~~~~~~~~

Zum vertiefenden Blick:

Welche Deiner Ängste möchtest Du heute in Vertrauen verwandeln?

HEUTE - WIRKLICH LEBEN!

Sie macht den Reißverschluss ihrer Jacke bis oben hin zu, zieht sich die Ärmel bis über die Hände. Ein leichtes Zittern erschüttert ihren Körper. Hätte sie sich doch eine dickere Jacke angezogen! Gerade heute!

Auf ihrem Weg kommen ihr Menschen entgegen. Die meisten in T-Shirts oder dünnen Blusen, manche im dünnen Sommerkleid. Die Sonne scheint warm vom wolkenlosen Himmel. Doch die Wärme kommt nicht an. Nicht bei ihrem Körper, nicht bei ihr. Nicht heute.

Ihre Gedanken gehen in der Zeit zurück.

Nachdem das letzte ihrer Kinder ausgezogen war, wurde es ruhig im Haus. Eine große Leere. Sie wurde nicht mehr gebraucht. Auch ihr eintöniger Teilzeitjob vermochte die Leere nicht zu füllen. Und war die Leere nicht schon vorher dagewesen? Übertönt von geschäftiger Betriebsamkeit?

Sicher, sie hatte auch viel Schönes erlebt. Sie hat die Kinder aufwachsen sehen. Die Urlaube mit der ganzen Familie. Die Gemeinsamkeiten mit ihrem Mann. Feiern und gute Gespräche mit Freunden.

Sicher, sie hatte auch schöne Zeiten erlebt, auch viel Schönes gesehen. So wie damals, dieser besondere

Urlaub in diesem wunderbaren Land. So schön war es da, sie hat jeden einzelnen Tag genossen.

Gerne hätte sie noch mehr Kontakt zu den Menschen geknüpft, wäre abends ausgegangen. Doch die Kinder waren noch klein, mussten ins Bett. Sie war eine verantwortungsvolle Mutter, die Kinder brauchten ihren Schlaf.

Wie gerne hätte sie noch mehr die Ruhe der Natur genossen, auf einsamen Spaziergängen. Doch da waren die Kinder, ihr Mann, immer war sie nur für die Anderen da.

Sie wäre gerne wieder in dieses wunderbare Land gereist, doch daraus ist nie etwas geworden. Immer war etwas anderes dringlicher.

Wo war SIE geblieben in dieser Zeit?

In all dieser Zeit?

Manchmal hatte sie das Gefühl, noch gar nicht richtig gelebt zu haben, das Leben in sich gespürt zu haben!

Nun ist sie beinahe angekommen. Sie bleibt auf dem Fußweg stehen und schaut auf die Uhr. Wie erwartet, ist sie zu früh dran. Noch wird sie das Ergebnis nicht bekommen. Sie wird noch warten müssen. Heute.

Gutartig oder bösartig?

Leben oder Sterben?

Sie zieht die Jacke noch enger um sich. Zittert, jetzt beinahe unkontrolliert. Auch der dickste Wintermantel hätte die Kälte nicht aus ihrem Körper verbannen können.

Verzweiflung ist in ihr, pure Verzweiflung!

Sterben? Jetzt schon?

Sie hat doch noch gar nicht richtig gelebt, das Leben in sich gespürt!

Es gibt doch noch so viel, was sie sehen will, spüren will, erleben will!

Wenn es bösartig ist, wie lange wird ihr dann noch bleiben? Nur ein halbes Jahr, vielleicht ein Jahr, mehr nicht, hatte der Arzt gesagt. Wie gerne würde sie wieder in dieses wunderbare Land reisen, die Menschen dort kennenlernen, die Ruhe der Natur genießen!

Die Gedanken purzeln durch ihren Kopf, spielen Pingpong miteinander.

Wie lange noch ..., nur ein halbes Jahr, ... mehr nicht. Gerne ... in dieses wunderbare Land reisen, Menschen, ... Ruhe der Natur.

Nur ein halbes Jahr – in dieses wunderbare Land reisen. Nur ein halbes Jahr – in dieses wunderbare Land reisen. – in dieses wunderbare Land reisen.

Und ein Gedanke reift in ihrem Kopf· Erst der Schatten eines Gedankens im Hintergrund, dann klar und immer klarer:

Was wäre wenn ...

wenn sie es einfach täte?

In dieses wunderbare Land reisen, die Menschen dort kennenlernen, die Ruhe der Natur genießen?

Sie hat doch nichts zu verlieren· Gutartig oder bösartig, leben oder sterben ..., es ist gleichgültig, noch lebt sie, sie kann reisen!

Mit einem Mal ist ihr klar:

Sie WIRD in dieses wunderbare Land reisen, die Menschen dort kennenlernen, die Ruhe der Natur genießen! Gleich heute wird sie mit den Reisevorbereitungen beginnen!

Ihr ist warm geworden und sie öffnet ihre Jacke, mit ruhigen Händen· Ein Sonnenstrahl bringt den Ring an ihrer Hand zum Glänzen· Es ist ein warmer Tag· Heute· Jetzt·

Und genau jetzt beschließt sie zu LEBEN·

Zu LEBEN, bevor sie stirbt·

WIRKLICH zu leben!

Von jetzt an, das Leben erleben, spüren, genießen!

An jedem Tag, mit jedem Atemzug.

Voller Vertrauen!

Sie schaut auf ihre Uhr. Es ist soweit. Gleich wird sie das Ergebnis bekommen. Sie geht die letzten Schritte. Das Ergebnis ist nicht mehr so wichtig.

Denn mit jedem Schritt, den sie geht, beschließt sie immer mehr, zu leben, zu spüren, zu genießen.

Wirklich zu LEBEN!

Heute, hier und jetzt!

~~~~~~~~~~~~

Zum vertiefenden Blick:

Warum nicht heute, jetzt und sofort damit anfangen, WIRKLICH zu leben?

Voller Vertrauen?

MIT AUGEN DER WEISHEIT

Wie schön wäre es, ...

die Welt und das Leben

mit den Augen der Weisheit

zu erblicken?

Wie das gehen kann?

Das erfährst Du
in den 5 Geschichten dieses 2. Kapitels.

DER SCHWARZE UND DER WEIßE MATROSE

Ich werde zu einer "Reise in die neue Welt" eingeladen.
In eine bessere Welt.
Mit einem großen Schiff über die Wellen segeln.

Erst habe ich kein Interesse.
Auf einem Schiff in eine neue Welt segeln?
Meine täglichen Routinen verlassen?
Meine Sicherheit aufgeben?
Wozu?

Dann bekomme ich mit,
dass es in der neuen Welt Wasserfälle geben soll.
Und Geysire und Vulkane.
Und eine wunderbare Natur.
Wasserfälle, Geysire und Vulkane? Eine wunderbare
Natur? Da will ich gerne hin. Okay, ich bin dabei!

"Was kannst du für die Reise beitragen?" werde ich
gefragt. Ich? Ja, was?
Nun, in einer Gruppe, zu der ich dazugehöre, gibt es
keine Außenseiter, da haben alle Respekt voreinander.
Auch, wenn es mal schwer wird.
Und ich schreibe Geschichten. Über die Reise und über
die bessere Welt. Geschichten zum Erinnern.
Geschichten, die wir unseren Kindern später vorlesen
können.

Und nun sitze ich hier an Deck· Ich bin glücklich dabei zu sein· Ich spüre ein aufgeregtes Kribbeln in mir und ich schreibe:

DER SCHWARZE UND DER WEIßE MATROSE

Es waren einmal zwei Matrosen·

Der eine Matrose liebte die Farbe weiß· Er liebte sie so sehr, dass er nur weiße Hemden und Hosen anzog· Ja, sogar seine Schuhe und Strümpfe waren weiß·

Und er hasste die Farbe schwarz·

Der andere Matrose liebte die Farbe schwarz· Er liebte die Farbe schwarz so sehr, dass er nur schwarze Hemden und Hosen und Schuhe und Strümpfe anzog· Ja, sogar seine Unterhosen waren schwarz·

Und er hasste die Farbe weiß·

Die beiden Matrosen teilten sich auf dem Schiff eine Kabine· Es gab immer wieder Streit bei der Gestaltung der Kabine:

Der eine wollte weiße Möbel, der andere schwarze·

Der schwarze Matrose wollte die Wände schwarz anmalen, der weiße Matrose wollte sie weiß anmalen·

Die beiden waren sehr genervt voneinander·
So sehr, dass sie an nichts anderes mehr denken konnten·

Sie vernachlässigten ihre Arbeit.

Ich hörte beiden zu. Einzeln.

Später erzählte ich beiden von der Farbe grau. Grau ist eine Mischung aus schwarz und weiß. Beide waren hin und her gerissen: Sollten sie die Farbe grau lieben oder hassen?

Ich hörte beiden weiterhin zu. Einzeln. Und immer öfter auch zusammen.

"Wenn wir unsere Wände grau streichen, ist von jedem von uns die Lieblingsfarbe dabei", sagten sie eines Tages.
Und sie strichen ihre Wände grau.
Keiner von beiden war total begeistert, aber es war OK. Es kehrte Ruhe ein.

Und ich hörte beiden weiterhin zu ···

Gerade habe ich das letzte Wort geschrieben. Da tippt mir jemand auf die Schulter. Ich drehe mich um.

Hinter mir stehen der weiße und der schwarze Matrose. Sie grinsen mich an.

"Komm, wir zeigen dir was", sagen beide gleichzeitig. Neugierig folge ich den beiden unter Deck. In ihre Kabine.

WAS SEHE ICH DA?

Ich kann es nicht fassen!
Nein, das kann nicht wahr sein!
Mein Herz macht einen Sprung.
Die ganzen Wände sind voll von ...

"Der schwarze Matrose hat angefangen", sagt der weiße Matrose grinsend. "Nein, der weiße Matrose", lacht der schwarze Matrose.

Die Wand in der Kabine ist bemalt.
Mit vielen Yin & Yang Bildern, in schwarz und weiß.
Die Yin & Yang Matrosen stehen da,
Arm in Arm
und strahlen mich an.

Ich bin berührt. Aus meinen Augen fließen Tränen. Freudentränen ...

Und wir segeln weiter.
Auf der Reise in die neue Welt.
Auf den sanften Wellen des Ozeans und im Auge des Orkans.
Jeder für sich, miteinander und immer füreinander da.

~~~~~~~~~~~~

Zum vertiefenden Blick:

Wie leicht kann es sein, was unvereinbar scheint, zu vereinen?

GRETCHEN oder DIE KATZE IM SACK

"Gretchen", rief meine Mutter.

Die Habseligkeiten meiner Eltern waren längst in Kisten und Kästen und Säcken verstaut. Das meiste war schon im neuen Haus. Das Haus, in dem ich viele Jahre später geboren werden sollte.

Der Handwagen war jetzt voll bepackt.
Die letzte Fuhre.
Nun fehlte nur noch die Katze. Wo war sie nur?
"Gretchen", rief meine Mutter wieder, "Gretchen, komm!"
Da bog die Katze um die Ecke. Endlich!

"Komm her Gretchen", sagte meine Mutter sanft. Die Katze kam näher. Meine Mutter nahm die Katze auf den Arm. Mein Vater hielt ihr den geöffneten Sack hin.

Und schwupp, war die Katze im Sack!
Sie zappelte und fauchte, aber das half ihr nichts. Die Katze sollte ja mit. In das neue Haus.
Ganz oben auf den Handwagen wurde sie gelegt.

Die Katze im Sack.

Meine Mutter hielt den Sack fest, mein Vater zog den Handwagen. Die Katze zappelte und fauchte. Doch meine Mutter hielt ganz fest.

So ging es durch das ganze Dorf. Bis zu dem neu gebauten Haus.

Im neuen Haus wurde die Katze aus dem Sack gelassen. Und sie bekam Futter und Milch hingestellt. Doch die Katze rannte weg.

Am nächsten Morgen war sie immer noch weg. Sie kam nicht zum Fressen. Wo die Katze wohl war?

Eine Weile später ging meine Mutter zur alten Wohnung, um alles sauber zu machen. Da sah sie die Katze im Garten.

"Gretchen", rief meine Mutter, aber die Katze kam nicht.

Auch nicht, als meine Mutter gegen Mittag wieder ging.

Meine Mutter war verzweifelt! Wie sollte sie die Katze zum neuen Haus bekommen? Bei der alten Wohnung konnte sie nicht bleiben. Die Besitzer mochten keine Katzen!

Zu Mittag gab es Fisch. Da hatte meine Mutter eine Idee. Eine gute Idee! Sie nahm einen Fischkopf und ging damit zur alten Wohnung.

"Gretchen", rief meine Mutter wieder. Und angelockt durch den Fischduft kam die Katze. Zögerlich, aber sie kam. Der Fischduft war zu verlockend!

Meine Mutter hielt der Katze den Fischkopf vor die Nase. Die Katze wollte hinein beißen. Da zog meine Mutter den Fischkopf ein wenig weg. Die Katze kam hinterher.

So ging meine Mutter mit dem Fischkopf durch das Dorf. Langsam, Schritt für Schritt. Die Katze folgte dem Fischkopf. Langsam, Schritt für Schritt.

Bis beide beim neuen Haus ankamen. In der Küche durfte die Katze den Fischkopf fressen. Das tat sie auch, mit Genuss. Meine Mutter war erleichtert!

Aber würde die Katze bleiben? Würde sie verstehen, dass dies ihr neues Zuhause war?

"Gretchen", rief meine Mutter am nächsten Morgen.

Und schon kam die Katze angerannt ···

~~~~~~~~~~~~

Zum vertiefenden Blick:

Gretchen wusste jetzt, wo sie hingehörte, dank der weisen Idee meiner Mutter.

Wo kannst Du anderen mit Deiner Weisheit helfen?

DIE KLEINE SCHREIBBLOCKADE

Was tun, wenn mir mal keine Geschichte einfällt? Wenn ich eine "Schreibblockade" habe?

Nun, dann schreibe ich einfach ein Märchen, Märchen gehen immer.

Voilà, hier ist es:

Es war einmal eine kleine Schreibblockade. Niemand wollte sie haben. Das machte sie traurig und unglücklich und ... wütend!

Deshalb ging sie in die Welt hinaus und ärgerte alle Schreiberlinge dieser Welt. Niemand konnte mehr in Ruhe schreiben. Denn immer und überall störte die Schreibblockade. Alle versuchten sie wegzujagen, aber es half nichts. Kein Schreiberling dieser Welt konnte sich mehr konzentrieren. Es war störend, ganz fürchterlich und schrecklich!

Kein Schreiberling konnte mehr Geschichten schreiben. Und so gab es keine Geschichten mehr. Keine Geschichten zum Lachen, keine zum Nachdenken und auch keine Geschichten zum Träumen. Nicht die kleinste Geschichte gab es mehr. Da drohte die Welt in Langeweile zu versinken ...

Genau da kam die kleine Schreibblockade zu mir.

Auch ich wollte sie nicht, natürlich nicht!

Doch ich schaute sie an. Und ich sah das Unglück der kleinen Schreibblockade in ihren Augen. Ich sah auch ihre Wut und ihre Verzweiflung.

Und mit einem Mal war ich voller Mitgefühl. Voller Mitgefühl für die kleine Schreibblockade, die keiner haben wollte. Da nahm ich sie in meine offenen Arme und drückte sie liebevoll.

"Liebe kleine Schreibblockade", sagte ich zu ihr, „du darfst bei mir bleiben." Die kleine Schreibblockade schaute mich skeptisch an. „Hilf mir dabei, die Welt wieder interessant zu machen", bat ich sie. "Ich?" fragte die kleine Schreibblockade erstaunt, "Wie denn?"

"Setz dich ruhig zu mir und ich werde über dich schreiben."

Da freute sich die kleine Schreibblockade. Sie setzte sich ruhig zu mir. Und ich habe mein Versprechen gehalten und schrieb über sie. Ich schrieb, wie sie wirklich war.

Da freute sich die kleine Schreibblockade noch mehr. Und vor lauter Freude transformierte sie zu einer großen und intensiven Schreibinspiration.

Und sie ist bei mir geblieben ⋯

~~~~~~~~~~~

Zum vertiefenden Blick:

Umarme Deine Blockaden und sie schmelzen dahin·

Welche Deiner Blockaden würdest Du gerne dahinschmelzen sehen?

DER ALTE ZAUBER
DER MAGISCHEN GESCHICHTEN

Seit vielen Stunden schon schleicht die Wildkatze Faucha durch den Wald. Sie hat sehr lange gebraucht, um genug Fressen zu finden. Hier mal eine kleine Maus, dort mal einen Käfer, den sie beinahe widerwillig hinuntergeschlungen hat. Doch nun ist sie endlich satt geworden. Und Faucha ist erschöpft von den vielen Stunden des Suchens und des Jagens. "Ich bin sehr müde", denkt sie für sich, "ich will nur noch in meine Höhle zurück und schlafen. Schlafen, schlafen, schlafen." Ja, das ist ihr einziger Wunsch.

Aber Faucha weiß genau: Das geht nicht.

Ihre drei hungrigen Kleinen warten auf sie und möchten trinken. Währenddessen kann Faucha ganz kurz ruhen. Aber dann, dann kommt das Anstrengende, das Schreckliche!

Jeden Tag ist es das Gleiche: Die Kleinen rennen und toben um Faucha herum und über sie rüber. Sie jagen sich und kämpfen und Faucha hat keine Sekunde Ruhe. Dabei ist Faucha doch müde und möchte schlafen. Um die Kleinen zur Ruhe zu bringen, beginnt Faucha zu fauchen.

Laut und böse!

Von Tag zu Tag mehr· Aber es hilft nichts, die Kleinen toben weiter, sie kommen einfach nicht zur Ruhe! Und Faucha will nicht laut und böse fauchen· Sie will liebevoll mit ihren kleinen Kätzchen umgehen· Aber wie?

Sie liebt ihre Kleinen doch!

Faucha ist verzweifelt!

Sie schreit ihre Verzweiflung in einem lauten "miauuuu" aus sich heraus·

"Du klingst verzweifelt", hört Faucha da die Stimme der weisen Eule· "Ja, das bin ich", antwortet Faucha und sie klagt der weisen Eule ihr Leid· Die weise Eule hört aufmerksam zu· Und als Faucha fertig erzählt hat, fragt sie: "Möchtest du meinen Rat, Faucha?" "Ja gerne", antwortet die müde Wildkatze·

"Kleine Wildkatzen brauchen Bewegung· Beim Toben und Kämpfen stärken sie ihre Muskeln, und das Jagen brauchen sie ···" "Ich weiß", fällt Faucha ihr ins Wort, "aber ich bin zu müde, das auszuhalten!" Die weise Eule versteht das sehr gut und sie fährt fort: "Lass deine Kätzchen eine kleine Weile toben und beobachte sie in Ruhe dabei· Und dann kannst du einen Zauber nutzen:

"Den alten Zauber der magischen Geschichten·"

"Was ist das, wie geht das?" fragt Faucha gespannt. Und die weise Eule erzählt vom Zauber der magischen Geschichten, der Gute-Nacht-Geschichten. "Die Geschichten fangen an, wie jede andere Geschichte", beginnt die weise Eule, "mal wild, mal spannend, immer interessant. Die Zuhörer werden in den Bann der Geschichten gezogen. Und dann kommt die Wendung zum Ruhigen. Die Zuhörer werden mitgenommen in die Ruhe, den Frieden und werden dadurch selber ruhig."

Dieser alte Zauber wirkt auch heute noch!

"Das hört sich gut an", sagt Faucha, „doch wo finde ich die magischen Geschichten?" „Ich gebe dir ein paar dieser Geschichten mit", antwortet die weise Eule und drückt Faucha das Buch der magischen Geschichten in die Hand. „Das werde ich ausprobieren", sagt Faucha erfreut. Sie bedankt sich bei der weisen Eule und läuft schnell nach Hause.

Die Kleinen erwarten ihre Mutter schon und springen ihr freudig entgegen. Frohen Mutes lässt Faucha die Kleinen trinken. Danach lässt sie ihre Kätzchen eine Weile toben, wild wie immer. Und dann fängt sie an, eine magische Geschichte vorzulesen, eine Gute-Nacht-Geschichte. Sie merkt sofort, wie ihre Kinder der Magie ihrer Geschichte folgen. Drei leuchtende Kätzchenaugenpaare sind auf sie gerichtet. Als die

Wendung zur Ruhe kommt, beginnen die Kleinen zu gähnen. Und eins nach dem anderen erliegt:

Dem alten Zauber der magischen Geschichten.

Die Kleinen sind eingeschlafen. Nach nur einer Gute-Nacht-Geschichte. Ganz ruhig liegen sie da, angekuschelt an ihre Katzenmama. Und Faucha? Auch sie schläft gerade ein, voller Dankbarkeit, dass es ihn gibt:

Den alten Zauber der magischen Geschichten.

~~~~~~~~~~~~

Zum vertiefenden Blick:

Manchmal ist es schön, einer weisen Eule zu begegnen.

Welche weise Eule fragst Du gerne um Rat?

TEELÖFFEL-PHILOSOPHIE

Was hat die Wahl des Teelöffels mit meinem Leben zu tun?

Das Schüsselchen Müsli steht schon auf dem Tisch, nur der Teelöffel fehlt noch. "Welchen nehme ich denn jetzt?" frage ich mich, "Den mit Blumenmuster oder den mit glattem Griff?"

Früher sahen alle meine Teelöffel gleich aus, doch seit einiger Zeit sorge ich dafür, dass meine Auswahl größer wird. Über 15 verschiedene habe ich schon. Wenn ich einen Teelöffel brauche, wähle ich einen, der ein bisschen besser ist als die anderen.

Ein bisschen schöner
oder etwas runder und glatter im Mund
oder der besser in der Hand liegt.
Genau der Teelöffel, der an dem Tag besser passt.

Wenn alle Teelöffel gleich wären,
hätte ich keine Wahl!
Das dachte ich früher oft im Leben:

ICH HABE KEINE WAHL!

Ich muss tun, was von mir verlangt wird.

Nun sehe ich täglich in meiner Geschirrschublade, dass ich VIELE WAHLMÖGLICHKEITEN habe· Über 15 verschiedene·

Ich habe mich daran gewöhnt·
So sehr, dass ich auch in anderen Situationen meine Wahlmöglichkeiten sehe· Immer öfter und immer mehr·
Dann entscheide ich mich für die Wahlmöglichkeit, die besser ist, ein bisschen besser als die anderen·

"Für das Müsli nehme ich heute den Teelöffel mit dem Blumenmuster", entscheide ich, "der gefällt mir ein bisschen besser als der mit dem glatten Griff!"

Und morgen? Da wähle ich neu· Vielleicht den Teelöffel mit dem glatten Griff oder den mit dem roten Griff· Auf jeden Fall den Teelöffel, der in der Situation ein bisschen besser ist als die anderen·

ICH HABE DIE WAHL·

Jeden Tag wird meine Wahl ein bisschen besser· Und damit wird mein Leben ein bisschen schöner·

Und wenn mein Leben jeden Tag ein bisschen schöner wird:
Wie schön ist es dann in einer Woche, in einem Monat?

WIE SCHÖN IST MEIN LEBEN DANN IN EINEM JAHR?
Und in 10 Jahren ⋯ ?

~~~~~~~~~~~~~

Zum vertiefenden Blick:

Wo möchtest Du etwas anderes wählen als bisher?
Und Dein Leben? Wie schön darf es werden?

MIT KINDERAUGEN

Wie schön wäre es, ...

die Welt und das Leben

mit Kinderaugen

zu sehen?

Wie das gehen kann?

Das erfährst Du in den 5 Geschichten
dieses 3. Kapitels.

EIN ERWARTUNGSVOLLER BLICK
DURCH DIE OFENKLAPPE

Wir konnten es kaum noch aushalten, vor lauter Spannung! Wir waren in Opas Zimmer, meine älteren Brüder und ich. Opa war irgendwo draußen. Noch war es nicht ganz dunkel.
Noch war es nicht so weit.

Es war Heiligabend, ich muss so etwa 5 gewesen sein. Meine Eltern waren im Zimmer nebenan. "Wir werden die Wohnstube vorbereiten", hatten sie gesagt, "Seid schön brav und spielt in der Küche."

Spielen? Das konnten wir nicht mehr! Alle Spielideen der Welt waren der Spannung gewichen.
Für jetzt und für alle Zeit. In diesem Moment.

Und als Opa rausging, sind wir sofort in sein Zimmer geschlichen. Um näher dran zu sein. Näher dran an dem, was unsere Eltern taten: Geschenke verpacken, unsere Weihnachtsgeschenke!

Welche Geschenke es wohl sein mochten?

Was, wenn ich wirklich eine Puppenschule geschenkt bekäme? Wo meine Puppen sprechen lernen könnten! Oder irgendetwas anderes Schönes. Ja, es würde gewiss etwas Schönes sein! Ein wohliges Kribbeln erfüllte meinen Bauch.

Wir lauschten. Unsere Eltern unterhielten sich leise.
Zu leise. Wir konnten nichts verstehen.
Wenn wir doch nur einen Blick in die Wohnstube
werfen könnten!

Einer meiner Brüder schaute durch die Ofenklappe.
Durch diese Klappe kam warme Luft in Opas Zimmer.
Und die Ofenklappe in Opas Zimmer war mit der
Ofenklappe der Wohnstube verbunden. "Ich kann etwas
sehen!" flüsterte er aufgeregt. Wir drängten uns alle
an die Ofenklappe.

Erst konnte ich nichts sehen, aber dann ...

Dann sah ich, wie meine Mutter Nüsse in bunte Teller
verteile. Und Äpfel und Clementinen. Und glänzende
Naschsachen. Und es lagen Geschenke auf dem Tisch.
Eingepackt in Weihnachtspapier. Je 2 Geschenke an
jedem bunten Teller. Welches wohl meine Geschenke
waren? Vor Aufregung zitterte ich.

Plötzlich hielt meine Mutter inne in ihrem Tun und
lauschte. Hatte sie uns gehört? Wir hielten den Atem
an. Unsere Mutter schaute zur Ofenklappe. Und schon
war die Ofenklappe an der Wohnstubenseite zu. Wir
konnten nichts mehr sehen.

Nach schier endloser Zeit wurde es dunkel. Mein Opa
kam wieder rein und mein ältester Bruder kam aus
seinem Zimmer zu uns.

Dann, endlich war es soweit.

Die Wohnstubentür öffnet sich.

Kerzen erleuchteten die Stube. Der Weihnachtsbaum, am Morgen erst von uns mit selbstgebastelten Sternen und Ketten aus Glanzpapier geschmückt, er war nicht mehr der Gleiche: Das Licht der Kerzen brach sich in seinen Schmuckstücken und verteilte das Kerzenlicht zu einem tausendfachen Glitzern und Glänzen. Zu einem ganz besonderen Glanz!

Der Glanz erreichte auch mich. Es war, als ob auch ich in diesem Glanz erstrahlte.

Die ganze Spannung fiel in diesem Moment von meinem Körper ab.

Langsam und bedächtig betrat ich unsere kleine Wohnstube ...

~~~~~~~~~~~~

Zum vertiefenden Blick:

Der Zauber von Weihnachten, von Geburtstagen, von Überraschungen.
Wie gut kannst Du diesen Zauber noch fühlen?

PAPA IST DER COOLSTE!

Papa ist ein Monster, ein großes, gefräßiges Monster! Er rennt hinter Ole her. Aber Ole ist schneller! Er lässt sich nicht fangen. Und schon gar nicht fressen. Und er hat auch keine Angst vor dem großen, gefräßigen Monster. "Eierloch, fang mich doch!", ruft Ole dem großen, gefräßigen Monster zu. Und dann rennt er um die nächste Türecke. Das große, gefährliche Monster ist ihm dicht auf den Fersen. Aber Ole ist schneller!

"Ich brauche eine Pause", jappst Papa nach einer Weile. Er setzt sich hin und dreht sich eine Zigarette. "Immer die doofen Zigaretten!", mault Ole. Er weiß genau, wenn Papa sich eine Zigarette dreht, dann ist es erst einmal vorbei mit Toben. Also setzt er sich neben Papa.

Mama schaut zur Tür herein und fragt: "Ole, kannst du schnell einen Liter Milch einkaufen? Die brauchen wir zum Abendbrot. Und Nachtisch darfst du auch mitbringen." "Klar!", antwortet Ole und springt auf. Er kauft gerne ein. Vor allem, wenn er Nachtisch aussuchen darf! Er nimmt die Einkaufstasche und den 5 Euroschein und rennt zur Haustür. An der Haustür dreht Ole sich zu Papa um und fragt: "Spielen wir nachher wieder gefräßiges Monster?" "Klar!", antwortet Papa.

"Papa ist der Coolste!"

Das denkt Ole auf dem Weg zum Einkaufen. Im Laden packt er die Milch schnell in den Einkaufskorb und er sucht zum Nachtisch seinen Lieblingsjogurt aus. Nun steht er an der Kasse. 6 Leute sind vor ihm. Mensch, dauert das lange! Ole will doch wieder nach Hause und sich von Papa jagen lassen!

Oles Blick fällt auf den Tabak im Regal neben der Kasse. "Das ist doch genau der Tabak, den Papa raucht", denkt Ole. Da sind große Buchstaben auf der Packung. Was da wohl drauf steht? Ein bisschen lesen kann Ole schon. Er buchstabiert:

"R-a-u-c-h-e-n   i-s-t   t-ö-d-l-i-c-h".
Was bedeutet das? Rauchen ist tödlich? Ole buchstabiert noch einmal.
"R-a-u-c-h-e-n   i-s-t   t-ö-d-l-i-c-h".

Tatsächlich, da steht "Rauchen ist tödlich".
Tödlich bedeutet sterben, das weiß Ole.
Papa raucht diesen Tabak. Ob Papa davon sterben ⋯
Ole erstarrt.

Er kann den Gedanken nicht zu Ende denken. Ihm wird heiß und kalt gleichzeitig.
Was, wenn ⋯, was, wenn Papa   s t i r b t ?

Nein, das kann nicht sein!
Das darf nicht sein!
Aber wenn doch?
Papa raucht doch diesen Tabak!

"Das macht 3 Euro 4." Die Verkäuferin reißt Ole aus seiner Erstarrung. Ole gibt der Verkäuferin den 5-Euroschein, mechanisch. Er steckt die Milch und den Jogurt in die Einkaufstasche, mechanisch. "Hier, dein Wechselgeld", sagt die Verkäuferin freundlich. Ole steckt es in seine Tasche, mechanisch.

Draußen vor der Tür bleibt Ole stehen.
"Was, wenn Papa stirbt?"
Der Gedanke lässt Ole nicht los.
Das kann nicht sein!
Das darf nicht sein!
Ole will doch noch "gefräßiges Monster" mit Papa spielen, heute und jeden Tag!
Und so viel mehr! Ole will seinen Papa behalten! Für immer!

Papa ist doch der Coolste!

"Was kann ich nur tun?", fragt sich Ole und denkt nach. Sofort hat er eine gute Idee. Oles angespannte Muskeln entspannen sich. Er ist erleichtert. "Das ist ganz einfach", denkt Ole, "Ich sage Papa einfach, das Rauchen tödlich ist. Dann hört er damit auf."

Schnell läuft Ole nach Hause. Er kann es kaum erwarten, mit Papa zu sprechen ...

Denn Papa ist der Coolste!

~~~~~~~~~~~~~

Zum vertiefenden Blick:

Wie der Papa von Ole wohl reagiert?

Wie gesund würden wir alle leben, wenn wir die Welt durch Kinderaugen sähen?

DAS MÄDCHEN, DAS GERNE SCHRIEB ···

Es war einmal ein kleines Mädchen· Es sollte ein Diktat schreiben·

Es hasste Diktate!

Nicht, weil es nicht schreiben wollte· Nein·

Es schrieb gerne!

Aber es machte so viele Rechtschreibfehler in Diktaten· Das war ihr peinlich· Denn bei vielen der Wörter wusste es eigentlich, wie sie geschrieben werden· Aber im Diktat schrieb es so viele Wörter falsch· Oder ließ Wörter aus·

"Flüchtigkeitsfehler", sagte die Lehrerin, "du musst dich mehr konzentrieren·"

Nun war es so weit·

Das kleine Mädchen saß auf seinem Platz, den Füller in der Hand und das offene Diktatheft vor ihr· Es konzentrierte sich· Es konzentrierte sich so sehr, dass sich die Hand um den Füller verkrampfte·

Die Lehrerin diktierte·

Das kleine Mädchen schrieb· Schon der erste Fehler, schnell korrigieren·

Die Lehrerin diktierte weiter·

Was hat die Lehrerin diktiert? Schnell etwas aufschreiben, hoffentlich richtig.

Die Lehrerin diktierte weiter.
Das kleine Mädchen kam nicht mit. Es meldete sich: "Ich komme nicht mit."

"Du musst dich schon mehr konzentrieren", antwortete die Lehrerin.
Und diktierte weiter.
Und das kleine Mädchen schrieb schneller, wieder ein Fehler, schnell korrigieren …

Und die Lehrerin diktierte weiter und weiter und weiter …

Nach ein paar Tagen bekam das kleine Mädchen das Diktat wieder, mit vielen roten Strichen, eine 5 darunter.
Hängender Kopf, ein beißendes Gefühl im Bauch. Schamgefühl.

Das Schreiben lag ihr einfach nicht!
Freiwillig schrieb das kleine Mädchen nicht mehr.
Die Diktate wurden weniger mit den Jahren. Das Mädchen war froh.

Als sie älter wurde, da schrieb sie Zuhause manchmal. Geheimbriefe an die Freundin, Witzreime oder Liedertexte.
In ihrem eigenen Tempo.

Das machte ihr sogar Spaß!

Doch das Mädchen wurde erwachsen· Alles musste plötzlich schnell gehen· Und die junge Frau nahm sich keine Zeit mehr zum Schreiben· Außerdem lag es ihr einfach nicht·

Und so vergaß sie das Mädchen,
Das Mädchen, das gerne schrieb· In ihrem eigenen Tempo·

Ein paar Jahre später hatte sie kleine Kinder, die wollten gerne Geschichten hören·
Und sie erzählte Geschichten· Und erzählte und erzählte ···
Sie hätte die Geschichten gerne aufgeschrieben·
Aber schreiben? Das lag ihr einfach nicht!

Jahre sind vergangen· Ihre Enkeltochter möchte gerne Geschichten hören·
Und sie erzählt Geschichten· Viele Geschichten·

Plötzlich erinnert sie sich wieder an das Mädchen·
Das Mädchen, das gerne schrieb· In ihrem eigenen Tempo·

Und sie beginnt zu schreiben·
Langsam, in ihrem eigenen Tempo·
Kleine Geschichten·

Und aus vielen kleinen Geschichten entstehen ganze Bücher ...

Woher ich so genau weiß, wie das Mädchen sich gefühlt hat?
Das kleine Mädchen war ich!

~~~~~~~~~~~~

Zum vertiefenden Blick:

Was wäre gewesen, hätte die Lehrerin die Not des kleinen Mädchens gesehen?
Was hätte sie anders machen können?
Was hättest Du getan?

CLARENCE HAT ANGST

Erschrocken fahre ich aus meinem Kinderbett hoch!
Was war das?
Ein lauter Knall hat mich geweckt, ich höre noch das dumpfe Grollen, wie es immer leiser wird.

Langsam wird mir klar:
Das ist Gewitter!
Und sofort ist mir klar:
Clarence ist in Gefahr!

Meine Hand tastet nach ihm. Er liegt neben meinem Kopfkissen unter seiner Decke. Wie immer. Ich nehme ihn schnell in meine Arme und ziehe ihn ganz dicht an mich. Der Löwe zittert vor Angst. Angst vor dem Lauten. Angst vor einer unbekannten Gefahr, die er noch nicht kennt. Er ist ja noch klein. Ich tröste ihn, streiche ihm über sein weiches Fell. Zum Glück bin ich schon groß, schon 7 Jahre alt. Ich kann ihn beschützen.

Plötzlich, ein Lichtblitz erhellt den ganzen Raum. Ich sehe die Angst in den Augen meines lieben Löwen. Der folgende laute Donnerknall bringt Clarence noch mehr zum Zittern.

Nun reicht mein Schutz nicht mehr aus!
Mir ist klar:

Ich muss Hilfe holen, jetzt sofort!

"Ich hole Hilfe, Clarence, alles wird gut", beruhige ich ihn so gut ich kann.

Ich stehe auf, ziehe meine Puschen an, den zitternden Clarence dicht an mich gedrückt. Er zittert so stark, dass auch ich mit zittere. Im Dunkeln taste ich mich zur Tür. Öffne die Tür. Auch im Flur ist es dunkel. Ich taste mich mit Clarence in meinen Armen zitternd zur Treppe. Wieder erhellt ein Lichtblitz den Raum, ich sehe die Treppe nach unten deutlich vor mir. Gefolgt von einem lauten Donnergrollen, das mich schnell nach unten laufen lässt.

Den zitternden Clarence immer noch fest an mich gedrückt, betrete ich die Wohnstube. Meine Mutter schaut mich an und fragt: "Hast du Angst vor dem Gewitter?"

"Nein", antworte ich, "Clarence hat Angst."

"Ach so, Clarence hat Angst", erwidert meine Mutter sanft, "dann leg dich mal mit Clarence hier auf die Couch." Das tue ich auch und meine Mutter deckt uns liebevoll zu.

Clarence zittert noch ein bisschen, doch dann ist es vorbei. Ganz ruhig liegt er in meinen Armen. Die Wohnstube ist durch einige Kerzen gemütlich erleuchtet. Ich entspanne mich. Als der nächste Blitz das Wohnzimmer ganz erhellt, ist keine Angst mehr in den Augen von Clarence zu lesen.

Meine Mutter erzählt eine Geschichte von einem Gewitter aus früheren Zeiten. Clarence und ich hören gespannt zu. Und sie erzählt noch eine Geschichte von Früher und noch eine. Alles ist friedlich.

"Ich glaube, das Gewitter ist jetzt vorbei", sagt meine Mutter irgendwann, "da war schon lange kein Blitz und kein Donner mehr." Ich lausche, alles ist still. "Hat Clarence noch Angst?", fragt meine Mutter. "Nein", antworte ich und stehe auf. Ich gehe wieder nach oben, in mein Bett.

Jetzt kann ich Clarence wieder allein beschützen.

Ich lege ihn neben mein Kopfkissen, an seinen Platz und decke ihn liebevoll zu. Auch mich decke ich zu, und schon bald sind wir beide eingeschlafen.

~~~~~~~~~~~~

Zum vertiefenden Blick:

Was brauchst Du, um Dich sicher und beschützt zu fühlen?
Was ändert sich, wenn Du die Welt durch Kinderaugen siehst?

GUTE LEHRER, SCHLECHTE LEHRER?

Teil 1: SPORTUNTERRICHT

Mir ist ein wenig mulmig.

Wir sollen mit Hilfe des Trampolins über den großen Kasten springen. Und hinter dem Kasten liegt die große, weiche Matte. Aber, werde ich es schaffen da anzukommen?

Ich stehe ganz hinten in der Reihe.

Das erste Mädchen in der Reihe springt elegant über den Kasten. Das zweite Mädchen auch. Das sind die beiden Besten in der Klasse. Denen gelingt einfach alles! Ich bewundere die Beiden.

Mir ist immer noch mulmig.

Werde ich es schaffen? Oder werde ich mit den Füßen am Kasten hängenbleiben? Ich bin die Kleinste in der Klasse. Für mich könnte der Kasten etwas niedriger sein. Vor 2 Wochen bin ich am Kasten hängen geblieben. Das tat weh.

Vielleicht schaffe ich es heute.
Ich werde es probieren!
Ich WILL es schaffen!

Die Sportlehrerin steht neben dem Trampolin· Bei manchen Mädchen gibt sie Hilfestellung· Gerade reicht sie einem Mädchen die Hand und zieht es ein wenig höher· Das Mädchen schafft es mit Hilfe der Sportlehrerin, über den Kasten zu springen· Toll!

Nur noch zwei Mädchen vor mir·
Das mulmige Gefühl wird stärker· Es kribbelt unangenehm im Bauch· Werde ich es schaffen?

Das letzte Mädchen vor mir ist über den Kasten gesprungen· Die Sportlehrerin geht ein Stück vom Trampolin weg·

Wieso geht sie weg?
"Ich bin noch dran," sage ich leise·

"DAS SCHAFFST DU SOWIESO NICHT," winkt die Lehrerin ab, "das brauchst du gar nicht erst zu probieren·" Und sie kehrt mir den Rücken zu und geht ganz weg·
Sie ruft den anderen zu: "Geht in die Umkleide!"

Tränen steigen in mir auf· Wieso darf ich nicht?

Ohne weiter zu überlegen, laufe ich los·
Springe auf das Trampolin,
fliege in die Luft
fliege in Richtung Kasten
und
knalle mit voller Wucht gegen den Kasten!

Da bin ich nun, halb über den Kasten gebeugt und rutsche zu Boden. Schmerzen in meinen Schienbeinen. Doch die aufkommenden Tränen schlucke ich runter.

DIE wird mich nicht heulen sehen!

Ich stehe wieder auf. Es tut wahnsinnig weh, aber ich kann gehen. Ich lasse mir meine Schmerzen nicht anmerken. Auch nicht meine Enttäuschung und meine Wut.

Mein Innerstes bebt! Ich hasse diese Sportlehrerin! Ich hasse Sport!

Aber ich gehe in die Umkleide,
wie alle anderen,
als ob nichts wär ···

~~~~~~~~~~~~

Zum vertiefenden Blick:

Alle Erfahrungen, die wir als Kinder machen, sitzen tief in unserem Unterbewusstsein, negative Erfahrungen oft als Angst. Wenn wir die Ängste nicht in Mut oder Vertrauen umdrehen, bleiben sie meist ein Leben lang.

Welche alten Ängste aus der Kinderzeit würdest Du gerne umdrehen?

GUTE LEHRER; SCHLECHTE LEHRER?

TEIL 2, DEUTSCHUNTERRICHT

Ein Referat halten.
Vor der ganzen Klasse.
Ich.
Natürlich nicht nur ich: Alle sind dran.
Aber die anderen sind nicht so schüchtern.

Vorne stehen, vor der ganzen Klasse.
Und reden.
Eine ganze Viertelstunde lang!
Ich, wo ich mich doch kaum einen Satz zu sagen traue.
Wie soll ich das schaffen?

Mir ist ganz schlecht vor Angst!

Ich bereite mich vor. Viele Stunden lang.
Ich, die sonst kaum Hausaufgaben macht.

Und der Tag des Referats kommt.
Ich bin vorbereitet.
Ich weiß genau, was ich sagen will.
Ich kenne meinen Inhalt in- und auswendig.
Ich habe im stillen Kämmerlein geübt.
Viele Nachmittage lang.

Und trotzdem, trotzdem könnte ich sterben vor
Angst!

Ich stehe auf und gehe nach vorne.
Meine Deutschlehrerin nickt mir freundlich zu.
Da stehe ich nun.
Alle Augen auf mich gerichtet.

JETZT IM BODEN VERSINKEN KÖNNEN!
Oder jemand ganz anderes sein!
Oh, diese Angst!

Die ersten Worte verlassen meinen Mund.
Stockend. Leise.
Die nächsten Worte.
Ein wenig lauter.
Die Sätze werden flüssiger, lauter.
Und ich rede, ja, ich rede!
Mein Herz klopft bis zum Hals.
Aber ich rede!

Und dann bin ich fertig. Endlich!
Applaus, das ist so üblich.
Ich gehe an meinen Platz zurück.
Erleichtert, SEHR ERLEICHTERT!
Die anderen Schüler sagen:
"Das war gut, Note 2"
Ich bin erleichtert, sogar froh!
Alle Anspannung fällt von mir ab.

UND WAS SAGT MEINE DEUTSCHLEHRERIN?

"Ja, das stimmt,

ABER, …"

Schon ist sie wieder da, die Angst· Was kommt jetzt?

"Ich habe dich noch nie so viel zusammenhängend reden gehört·
Das war eine ganz besondere Leistung von dir·
Dafür hast du eine 2 plus verdient!"

Erleichterung, grenzenlose Erleichterung!

Kann das Leben schöner sein?

Als jetzt, gerade jetzt!

~~~~~~~~~~~~~

Zum vertiefenden Blick:

Später, viele Jahre später, stehe ich tagtäglich vor einer Klasse und rede, als Dozentin, Lehrerin oder Trainerin· Welch einen großen, Mut machenden Einfluss dieses Erlebnis doch hatte!

Wurdest Du als Kind so gesehen und wertgeschätzt, wie Du wirklich bist?

Was kannst Du tun, um die Kinder und Erwachsenen in deiner Umgebung so zu sehen und wertzuschätzen, wie sie wirklich sind?

Und vor allem: Wie kannst Du Dich selbst so sehen und wertschätzen, wie Du wirklich bist?

MIT AUGEN VOLLER LIEBE

Wie schön wäre es, ...

auf die Welt und das Leben

mit Augen voller Liebe

zu schauen?

Wie das gehen kann?

Das erfährst Du in den 5 Geschichten
dieses 4. Kapitels.

DER ALTE SCHUPPEN

"Ich bin ein hässlicher Schuppen", dachte der alte Schuppen, "hässlich, alt, kaputt und baufällig. Keiner will mich. Bestimmt werde ich bald abgerissen." Und er weinte heimlich eine kleine Träne.

Der alte Schuppen stand in einem Naturgarten. Die Farbe seiner Wände war abgeplatzt. Sein Inneres war voller Staub und Dreck. Und die Gartengeräte und andere Dinge lagen wild durcheinander auf dem Boden.

Gerade waren die Besitzer des Gartens dagewesen. Sie schauten sich all den Dreck und das Durcheinander an. Und entdeckten ein Loch im Dach. Und sie entdeckten, dass an einigen Stellen an den Wänden das Holz weg rottet. Und dass die alte braune Farbe abgeplatzt war.

"Der alte Schuppen ist ziemlich baufällig", hatte der Mann gesagt, "was machen wir nur mit ihm, abreißen?" "Ich weiß nicht", hatte die Frau geantwortet, "er sieht ganz schön schäbig und hässlich aus. Mal sehen, was Sinn macht." Dann hatten sie den alten Schuppen noch von allen Seiten angeschaut und waren gegangen.

Nun stand der alte Schuppen wieder ganz allein da. Er war einmal ein neuer Schuppen gewesen. Kräftig, stabil, aufgeräumt und sauber. In einem Teil von ihm hatten sogar Hühner gewohnt, die fröhlich gackerten.

Aber das war lange her. Sehr lange. Und er weinte heimlich eine weitere Träne. Und noch eine und noch eine. So weinte er sich langsam in den Schlaf.

Am nächsten Morgen fingen seine Besitzer an, Gartengeräte und andere Dinge aus dem alten Schuppen zu räumen. Alles was kaputt war, wurde in einen Anhänger verfrachtet und später zum Recyclinghof gefahren. "Nun werde ich leergeräumt und dann abgerissen", dachte der alte Schuppen. Und wieder weinte er heimlich eine kleine Träne.

Aber dann fingen die Besitzer an, die Innenräume vom alten Schuppen auszufegen und zu schrubben. Alles wurde geputzt und schön gemacht. Für die Gartengeräte wurden Aufhänger an die Wand geschraubt und für die vielen anderen Dinge, wie Blumentöpfe und Gießkannen, wurde ein Regal aufgestellt. "Das ist ja richtig schön geworden", sagte die Frau und der Mann stimmte ihr zu.

An diesem Abend weinte der alte Schuppen nicht. Er war frohen Mutes, vielleicht würde er doch nicht abgerissen. Er fühlte sich auch wieder ordentlich, sauber und schön. Er lächelte heimlich in sich hinein.

Am nächsten Tag reparierten seine Besitzer das Loch im Dach und die morschen Stellen in den Wänden. Und danach nahm der Mann einen Pinsel in die Hand und malte den alten Schuppen mit roter Farbe an. Das würde sein Holz schützen.

Es war bereits Herbst und bald würden die Herbststürme kommen. Sie konnten dem alten Schuppen nun nichts mehr anhaben, das wusste er. Und so war es auch. Der alte Schuppen hielt den Herbststürmen stand.

Und an einem frostigkalten Wintertag leuchtete der alte Schuppen im Schnee. Er strahlte im Sonnenlicht. Aber er strahlte nicht nur im Sonnenlicht, nein, er strahlte auch von innen heraus.

"Ich bin ein schöner Schuppen", dachte der alte Schuppen, "ich bin zwar schon alt, aber heil, sauber und frisch angemalt. Meine Besitzer lieben mich. Bestimmt werde ich noch lange hier stehen."

Und er lachte glücklich in die Sonne hinein.

~~~~~~~~~~~~

Zum vertiefenden Blick:

Welchen Dingen oder Menschen in Deiner Umgebung möchtest Du ab heute mehr Liebe schenken?

FRAU USEBUSE UND DIE LIEBE

Frau UseBuse kommt von einer Weltreise zurück, von einer weiten Weltreise. Sie stellt ihren Koffer in den Flur, den großen schweren Koffer. Dann holt sie ihren Laptop aus dem Koffer, ihren Minilaptop. Damit geht sie in die Küche und setzt sich auf die Küchenbank. Frau UseBuse klappt den Minilaptop auf. Sie geht ins Internet und sucht etwas. Wo ist es nur? Ah, da ist es.

Frau UseBuse hat gefunden, was sie gesucht hat: Die Plattform "Volltreffer Herz"! Auf dieser Plattform geht es um die Liebe. Ja, um die Liebe und alles was damit zusammenhängt. Das hat Frau UseBuse auf ihrer letzten Weltreise erfahren. Das gefällt Frau UseBuse. Denn Liebe, ja, Liebe hätte Frau Usebuse gern mehr in ihrem Leben. Sie hat es satt, immer allein auf Weltreise zu gehen, so satt! Sie möchte gerne mit jemandem zusammen auf Weltreise gehen. Mit einem netten und lieben Mann. Einer, mit dem Frau UseBuse auf jeden Berg steigen kann, in jede Höhle klettern und im Meer baden. Oh, ja, das wäre schön! So schön!

Aber wie soll Frau UseBuse so jemanden finden? Sie traut sich nicht, einen Mann anzusprechen. Nein, das traut sie sich nicht! Auf Weltreise gehen, ja, das traut

Frau UseBuse sich· Aber einen Mann ansprechen? Nein, das traut sie sich nicht· Auf keinen Fall!

Ob Frau UseBuse bei "Volltreffer Herz" einen Mann kennenlernen kann? Sie schaut sich auf der Seite um· Oh, da gibt es Flirttipps, Liebesgeschichten, Ratgeber, Coaching-Angebote und noch viel mehr· Ja, ganz viel mehr· Frau UseBuse ist begeistert· Sie meldet sich erst einmal an· Dann geht sie in den Bereich "Suchen und Finden"· Als Suchbegriff gibt sie "Weltreise" an· Wow, da sind ganz viele, die sich für Weltreisen interessieren, Männer und Frauen· Frau UseBuse schaut bei den Männern nach· Sie scrollt ein wenig· Nein, das kann nicht sein! Den Mann kennt sie doch! Es ist ··· ihr Nachbar, der dicke Nachbar· Na, so was! Frau UseBuse wusste gar nicht, dass ihr dicker, netter Nachbar sich für Weltreisen interessiert· Das hat er nie gesagt!

"Na, so was", denkt Frau UseBuse, und klickt das Profil ihres Nachbarn an· "Ich suche eine liebe Frau zum gemeinsamen auf Weltreise gehen", steht da, "am besten eine, die sich mit Reisen auskennt und mir die Welt zeigen kann·"

"Das passt ja genau auf mich!", denkt Frau UseBuse, "und den dicken, netten Nachbarn mag ich sehr gerne!" Frau UseBuse ist ganz aufgeregt· Sie springt auf und läuft zur Tür· Sie will sofort zum Nachbarn gehen und ihm sagen, dass er auf die nächste Weltreise mitkommen kann. An der Haustür stoppt sie. "Was ist, wenn er gar nicht mit mir reisen möchte?", fragt sich Frau UseBuse, "denn, wenn er mit MIR reisen möchte, dann hätte er es mir doch gesagt?" Frau UseBuse lässt den Kopf hängen. Was soll sie tun?

Und Frau UseBuse denkt nach, sie denkt lange nach. Dann hat sie eine Idee, eine gute Idee! "Ich schreibe ihm einfach über Volltreffer Herz", denkt Frau UseBuse. Und das tut sie auch. Sie setzt sich wieder an ihren Minilaptop und schreibt:

Lieber Nachbar,
ich würde mich sehr freuen, wenn Sie auf meine nächste Weltreise mitkämen.
Herzliche Grüße
Frau UseBuse.

Dann will Frau UseBuse auf "Senden" klicken, aber sie traut sich nicht.
Was ist, wenn der Nachbar nicht mit Frau UseBuse auf Weltreise will?
Was ist, wenn er nicht antwortet?
Und was ist, WENN er antwortet?
Frau UseBuse ist aufgeregt, sehr aufgeregt. Und nervös. Ihre Finger zittern. Dadurch kommt sie aus Versehen auf "Senden".

"Oh nein!" ruft Frau UseBuse· Nun ist es passiert, sie hat ihrem dicken, netten Nachbarn geschrieben· Ihr Herz klopft· Sie spürt es im ganzen Körper, bis zum Hals· Frau UseBuse steht auf und läuft in der Wohnung hin und her· Hin und her und hin und her· Dann schaut sie auf ihren Minilaptop· Noch keine Antwort· Und wieder läuft sie hin und her und hin und her·

"Ding-dong, ding-dong, ding-dong", es klingelt an der Tür· "Wer kann das sein?", denkt Frau UseBuse, "ich erwarte doch keinen Besuch·" Sie will nicht öffnen, sie ist ja so nervös· "Ding-dong, ding-dong, ding-dong", da klingelt es schon wieder· Und Frau UseBuse geht zur Tür· Sie öffnet die Tür· Vor der Tür steht ··· ihr Nachbar, der dicke, nette Nachbar· "Guten Tag", sagt der dicke nette Nachbar· "Guten Tag", sagt Frau UseBuse· Dann sagen beide nichts mehr· Frau UseBuse fällt nichts ein, gar nichts· Sie schaut den Nachbarn an· Schön sieht er aus, mit seinem lieben Gesicht· Sie lächelt· Der Nachbar lächelt lieb zurück und sagt: "Ich möchte gerne mit Ihnen auf Weltreise gehen·" Da freut Frau UseBuse sich, sie springt in die Luft! Und dann umarmt sie den Nachbarn und drückt ihn ganz doll! So sehr freut Frau UseBuse sich!

Nach einer Weile gehen beide zusammen in Frau UseBuses Küche· Dort sitzen sie und reden· Und reden und reden und reden· Über die Weltreise, die gemeinsame Weltreise· Sie reden die halbe Nacht· Zwischendurch schauen sie sich immer wieder liebevoll in die Augen· Doch dann werden beide müde und der dicke Nachbar steht auf, um zu gehen· Im Flur umarmen sich die beiden und geben sich zum Abschied einen Kuss· Einen langen Kuss· "Gute Nacht", sagen beide, "bis morgen·" Und dann geht der liebe, dicke Nachbar in seine Wohnung, gleich nebenan·

Frau UseBuse steht noch eine Weile im Flur· Sie ist glücklich, so glücklich! Doch dann merkt sie wieder, dass sie müde ist, sehr müde· Sie putzt sich noch schnell die Zähne und zieht ihr schönes Nachthemd an, das mit den roten Rosen· Dann legt sie sich ins Bett und kuschelt sich unter ihre Bettdecke· Sie schließt ihre Augen und schläft ein, sofort! Dabei träumt sie von ihrer nächsten Weltreise, mit ihrem Nachbarn, dem lieben, dicken Nachbarn·

~~~~~~~~~~~~

Zum vertiefenden Blick:

Manchmal ist die Liebe oder die Gemeinsamkeit mit anderen so nahe und wir sehen sie nicht·

Mit welchen Menschen in Deiner Umgebung könntest du Gemeinsamkeiten haben, von denen Du nichts weißt?

Wie viel erzählst Du anderen von dem, was in Dir vorgeht?

Welche Chance gibst Du anderen, Deine wahren Sehnsüchte zu erkennen? Dich zu lieben, wie Du bist?

LÖWENMUTTER

Jeden Tag kam der Cäsardackel an unserem Grundstück vorbei. Seine Menschen gingen mit ihm spazieren.

Wir hatten eine schwarz-weiße Katze, Muschi. Wenn Muschi auf dem Hof war, kam der Cäsardackel laut bellend auf den Hof gerannt. Und Muschi kletterte schnell auf den nächstgelegenen Baum, einen alten Fliederbaum. Dort fauchte sie aus sicherer Entfernung, ihre Nackenhaare waren gesträubt. Der Cäsardackel bellte den Fliederbaum an. Sein Herrchen pfiff ihn zurück. Der Cäsardackel verschwand. Der Spuk war vorbei. Muschi kam wieder vom Baum herunter.

Diese Szene wiederholte sich. Jeden Tag. Immer und immer wieder.

Doch eines Tages ...

Eines Tages spielten die kleinen Kätzchen auf dem Hof. Muschis Kinderschar. Muschi lag währenddessen unter dem Flieder im Schatten.

Wie jeden Tag, wurde mit dem Cäsardackel spazieren gegangen. Er kam an unser Grundstück. Laut bellend rannte er auf unseren Hof. Wie immer.

Doch dann ...

Muschi sprang auf· Sträubte ihre Nackenhaare, fauchte· Blitzschnell rannte sie auf den Cäsardackel zu· Sie fauchte laut· Sie fuhr ihre Krallen aus und haute sie dem Cäsardackel direkt auf die Schnauze· Ein lautes Quieken ertönte· Der Cäsardackel drehte sich um, klemmte seinen Schwanz ein und lief davon, so schnell er konnte· Muschi rannte hinterher· Mit gesträubten Nackenhaaren, fauchend· Blieb dann stehen und beobachtete den weglaufenden Cäsardackel aufmerksam· Als er weit genug weg war, ging sie zu ihren Jungen· Schleckte sie· Dann setzte sie sich hin und leckte sich das Blut von ihren Krallen·

Muschi hatte ihre Jungen beschützt· Mit Löwenmut· Mit Mutterliebe, die nichts fürchtete· Wusste sie doch, dass die Kleinen noch nicht auf den Baum flüchten konnten·

Am nächsten Tag ging der Cäsardackel wieder Spazieren·

Muschi war auf dem Hof· Der Cäsardackel wechselte die Straßenseite und rannte schnell an unserem Grundstück vorbei· Er kam nie wieder auf unseren Hof·

~~~~~~~~~~~~

Zum vertiefenden Blick:

Voller Liebe hatte Muschi ihre Jungen beschützt, unter Einsatz ihres Lebens. Mit den Möglichkeiten, die sie hatte.

Wann hast du schon einmal einen Menschen oder ein Tier aus Liebe beschützt oder gerettet? Wie hast du dich hinterher gefühlt?

FRAU USEBUSE UND HERR URALT

Frau UseBuse kommt von einer Weltreise zurück. Von einer weiten Weltreise. Sie hält ihren Koffer in der Hand. Den großen, schweren Koffer. Sie geht zu ihrer Haustür. Aber was ist das? Vor ihrer Haustür steht jemand. Es ist ein Mann. Ein alter Mann. Nein, ein uralter Mann. Frau UseBuse kennt den uralten Mann. Es ist Herr Uralt. Der hat vor Frau UseBuse in dieser Wohnung gewohnt. Aber das ist schon lange her. Sehr lange. Nein, sehr, sehr lange.

"Was macht Herr Uralt vor meiner Tür?", fragt sich Frau UseBuse. Sie will gerade nachdenken, da sieht sie, dass Herr Uralt versucht, einen Schlüssel in das Schloss zu stecken. In das Schloss von Frau UseBuses Tür!

Frau UseBuse ist empört! "Was machen Sie da?", ruft Frau UseBuse. Herr Uralt zuckt zusammen. Er schaut zu Frau UseBuse. "Wer sind sie?" fragt er. "Ich bin Frau UseBuse", antwortet Frau UseBuse, "das wissen Sie doch."

Aber Herr Uralt schaut Frau UseBuse an, als ob er es nicht weiß. Und er dreht sich wieder zur Haustür von Frau UseBuses Wohnung. Er versucht den Schlüssel in das Schlüsselloch zu stecken. Aber der Schlüssel passt nicht.

"Komisch, der Schlüssel passt nicht", sagt Herr Uralt. "Nein, der kann ja auch nicht passen", antwortet Frau UseBuse, "Das ist ja meine Tür. Da passt nur mein Schlüssel." Herr Uralt lacht. "Nein, nein, dies ist meine Haustür.", sagt Herr Uralt bestimmt, "Hier wohne ich. Und Mutti auch." Er klingelt. "Vielleicht ist Mutti ja Zuhause."

"Ihre Mutter?", fragt Frau UseBuse erstaunt. Herr Uralt hat keine Mutter mehr. Das weiß Frau UseBuse ganz sicher! "Ja, meine Mutti", antwortet Herr Uralt lächelnd, "aber Mutti ist nicht da." "Aber Ihre Mutter ist doch schon gestorben.", sagt Frau UseBuse vorsichtig. "Nein!", ruft Herr Uralt da laut und wütend, "meine Mutti ist nicht gestorben! Niemals!"

"Was ist nur mit Herrn Uralt los?" fragt sich Frau UseBuse. Und sie denkt nach. Sie denkt lange nach. Während sie nachdenkt, stellt sie erst einmal ihren Koffer in den Garten. Und dann hat sie eine Idee. Eine gute Idee! "Herr Uralt hat Demenz", denkt Frau UseBuse, "ja, das muss es sein. Ganz bestimmt!" Jemand, der Demenz hat, kann sich nicht mehr gut erinnern. Er ist vergesslich. Und er erkennt Menschen nicht wieder, die er eigentlich kennt. So wie Frau UseBuse. Die kennt Herr Uralt ja eigentlich. Aber weil er so vergesslich ist, erkennt er Frau UseBuse nicht wieder.

Doch an etwas können sich Menschen mit Demenz meistens erinnern: An die Zeit als sie noch jung waren. Und als Herr Uralt noch jung war, hat er in Frau UseBuses Wohnung gewohnt. Mit seiner Mutter. Daran kann er sich erinnern. Deshalb denkt er, er wohnt in Frau UseBuses Wohnung, mit seiner Mutter. Aber das ist lange her. Sehr lange. Nun wohnt Herr Uralt in einer anderen Straße. Nicht weit von hier.

"Kommen sie, Herr Uralt", sagt Frau UseBuse, "ich bringe sie nach Hause." Aber Herr Uralt will nicht mit Frau UseBuse mitgehen. Nein, das will er gar nicht. Er denkt ja, dass er in Frau UseBuses Wohnung wohnt. Er will in die Wohnung von Frau UseBuse. Zu seiner Mutti. "Wie kann ich Herrn Uralt nur nach Hause bringen?", fragt sich Frau UseBuse. Und sie denkt lange nach. Dann hat sie eine gute Idee!

"Herr Uralt, ich weiß, wo ihre Mutti ist.", sagt Frau UseBuse, "Kommen sie mit, ich bringe sie hin." Da freut sich Herr Uralt. Und er geht mit Frau UseBuse mit. Bis zu seinem richtigen Zuhause. Frau UseBuse klingelt an der Tür von Herrn Uralt. Die Tür wird geöffnet. Von der Frau von Herrn Uralt. "Da bist du ja.", sagt sie zu ihrem Mann. Sie hatte schon auf ihn gewartet. "Ja, Mutti", sagt Herr Uralt zu seiner Frau. Er denkt, sie sei seine Mutter. Aber das stört die

Frau von Herrn Uralt nicht. Daran hat sie sich schon gewöhnt.

"Tschüß", sagt Frau UseBuse und geht wieder nach Hause. Als sie in ihrem Garten ist, nimmt sie ihren Koffer in die Hand. Den großen, schweren Koffer. Dann schließt sie ihre Haustür auf und geht in ihre Wohnung. Den großen, schweren Koffer stellt sie in den Flur. Frau UseBuse denkt noch einmal an Herrn Uralt. Sie ist froh, dass er wieder sicher Zuhause angekommen ist.

Als nächstes zieht Frau UseBuse ihren Reisemantel aus und ihre Reisestiefel, den Reisehut legt sie auf die Garderobe. Frau UseBuse ist jetzt müde, sehr müde. Sie putzt ihre Zähne und zieht ihr Nachthemd an, das geblümte Nachthemd. Langsam geht sie in ihr Schlafzimmer und legt sich ins Bett. Sie schließt ihre Augen. Und da ist sie auch schon eingeschlafen.

~~~~~~~~~~~~

Zum vertiefenden Blick:

Wie können wir liebevoll umgehen mit Menschen, die in manchen Situationen nicht allein klarkommen? Oder die anders sind als die Norm?

Wem hast Du schon einmal liebevoll beiseite gestanden?

DER PRAKTISCHE ASPEKT EINES TIDEKALENDERS oder EIN MANN FÜR SANNI

Wir betraten die dritte Kneipe des heutigen Abends, es war schon etwa Mitternacht· Einen geeigneten Mann für Sanni hatten wir noch nicht gefunden·

Wir, das waren
meine Freundin, glücklich verheiratet,
ich, glücklich geschieden
und Sanni, auf der Suche nach einem Mann, dringender Fall!

Natürlich unterstützten meine Freundin und ich hier gerne· Bisher war es ein sehr vergnüglicher Abend gewesen, wir hatten unseren Spaß·

Auch in dieser Kneipe war kein Mann nach Sannis Geschmack: Der eine war zu groß, der andere zu klein· Der nächste nicht sympathisch genug, ein weiterer schon vergeben· Wir schauten uns alle Männer in der Kneipe genau an· Da entdeckte ich IHN· ER war ein ehemaliger Arbeitskollege meines Exmannes· Ich bot Sanni an, sie mit IHM bekannt zu machen· Sanni winkte ab, ER war nicht ihr Typ· Überhaupt nicht!

Auf meine Frage "Habt ihr was dagegen, wenn ich ihm trotzdem kurz hallo sage?" verneinten beide und ich ging zu IHM· Ich sagte "Hallo" und ER auch· Danach folgten noch andere Worte. Wir redeten über die Nordsee, über Wind und Wellen, über Ebbe und Flut, über den praktischen Aspekt seines Tidekalenders und tausend andere Dinge.

Als ich kurz darauf zu meiner Freundin und Sanni zurückkehrte, fragte meine Freundin, ob eine ganze Stunde kurz für mich sei. Eine ganze Stunde? Tatsächlich, der Blick auf meine Uhr gab ihr Recht, ich hatte eine ganze Stunde mit IHM geredet. Und Sanni sagte: "Der passt zu dir, das ist der richtige Mann für dich!" Für mich? Nein! Ich hatte kein Interesse an einem Mann, war glücklich geschieden und hatte den täglichen Streit-Stress für immer hinter mir gelassen.

Wir zogen weiter zur nächsten Kneipe, landeten später in einem Tanzlokal, hatten viel Spaß. Und als der erste Lichtschimmer den Morgen ankündigte, gingen wir nach Hause.

Einen Mann für Sanni hatten wir nicht gefunden.

Auf dem Nachhauseweg gingen mir Bilder durch den Kopf, Bilder, die schon einige Jahre alt waren. Mir fielen SEINE Augen ein, damals, als ich IHN das erste Mal gesehen hatte. Wir hatten getanzt und ER schaute tief in meine Augen. Und ich in SEINE. Danach bin ich IHM aus dem Weg gegangen, ich war doch verheiratet und ER zu gefährlich, SEIN Blick zu tief.

Aber das war lange her.

Jetzt war ich endlich glücklich geschieden und genoss meine Freiheit, meine Unabhängigkeit. Und so sollte es bleiben!

Einige Tage später machte ich Pläne, an die Nordsee zu fahren, am besten bei Flut, mit Wind und Wellen. Ein Tidekalender wäre praktisch für die Planung. ER hatte angeboten, mir seinen zu leihen, falls ich mal wieder an die Nordsee fahre. Und so rief ich IHN an.

Am nächsten Tag brachte ER mir seinen Tidekalender vorbei. Ich freute mich, ein wenig mit IHM zu reden und war gut vorbereitet, hatte Kaffee gekocht und den kleinen Tisch auf meinem Balkon liebevoll gedeckt. Auf sein Klingeln öffnete ich die Tür und ER gab mir den Tidekalender. "Ich bin müde von der Arbeit", sagte ER, "und will gleich nach Hause und mich ein wenig hinlegen."

"Schade", dachte ich und lud ihn nicht zu Kaffee und Keksen auf meinen Balkon ein. ER hatte ja keine Zeit. Wir redeten noch ein wenig, in der offenen Tür zwischen Flur und Treppenhaus. Wir redeten über die Nordsee, Wind und Wellen, Vogelzug und Wattenmeer, Ebbe und Flut und tausend andere Dinge.

Als ER gegangen war, waren mehr als anderthalb Stunden vergangen. "Da hätte ich IHN ja doch zu einem Kaffee einladen können", dachte ich amüsiert und ging gut gelaunt in die Wohnung zurück.

Einige Tage später fuhr ich an die Nordsee, ließ mir die Haare vom Wind zerzausen und sah den Wellen beim Tanzen zu. Schön war's! Zu zweit wäre das sicher auch schön gewesen, vielleicht mit IHM? Eine Zweierbeziehung wollte ich nicht mehr, das war klar. Aber mit IHM war es so schön unkompliziert, wir konnten so vertraut miteinander reden.

Einige Tage später brachte ich IHM seinen Tidekalender am frühen Nachmittag zurück. Ich erzählte von meinem Ausflug an die Nordsee. ER zeigte mir seinen Garten, wir tranken zusammen Kaffee und wir redeten ein wenig, über Wind und Wellen, Natur und Leben und tausend andere Dinge. Als ich nach Hause fuhr war es längst dunkel und wir hatten uns zu einem gemeinsamen Ausflug an die Nordsee verabredet.

Bei diesem Ausflug gingen wir lange an der Nordsee spazieren, ließen uns die Haare vom Wind zerzausen, schauten uns die Wellen an, beobachteten beim Picknick eine Lachmöwe und redeten, redeten über Ebbe und Flut, über den praktischen Aspekt eines Tidekalenders und über tausend andere Dinge.

Und wir schauten uns in die Augen, erst nur ein bisschen tief, dann tiefer und immer tiefer. Bis ich in den Tiefen SEINER Augen versunken war· Ich fühlte mich ganz besonders, alles war so vertraut, als kennen wir uns schon ewig, ganz leicht, liebevoll und schön· Eine angenehme Wärme breitete sich in meinem ganzen Körper aus· Wenn es sich so schön mit einem Mann anfühlen konnte, dann wollte ich genau DIESEN Mann!

Das ist jetzt über 20 Jahre her, und inzwischen wohne ich längst mit IHM zusammen· Ein aktueller Tidekalender ist immer in unserer Nähe· Alles ist so vertraut, wir kennen uns gefühlt ewig, meist ist es leicht, liebevoll und schön·

Und ein Mann für Sanni? Der kam später, aber das ist eine andere Geschichte·

~~~~~~~~~~~~

Zum vertiefenden Blick:

Erkennst Du die Liebe, wenn sie bei Dir anklopft?
Woran kannst Du sie erkennen?

MIT EINEM ZWINKERNDEN AUGE

Wie schön wäre es, ...

die Welt und das Leben

mit einem Augenzwinkern

zu betrachten?

Wie das gehen kann?

Das erfährst Du in den 5 Geschichten
dieses 5. Kapitels.

HEIßER GELIEBTER!

Urlaub· Ich stehe an der Reling der Fähre und schaue auf die Insel im Mittelmeer· Gleich legt die Fähre an·

Da sehe ich IHN das erste Mal:
Gut gebaut·
Dunkel und geheimnisvoll·
Glühende Augen·
Wow!
Vom ersten Blick an ist es um mich geschehen:
Ich bin verliebt! Ein Kribbeln im ganzen Körper!

Wir legen an· Er ist noch da, natürlich· Doch so weit weg· Ob ich zu ihm gehen soll? Jetzt sofort? Doch nein, irgendetwas hält mich zurück·

Am nächsten Tag sehe ich ihn wieder·
Wow, wie toll er aussieht!
Ich mag das Dunkle, das Geheimnisvolle an ihm, die glühenden Augen haben es mir angetan· Und jetzt, jetzt traue ich mich dichter an ihn heran· Ich kann seine tiefe Stimme hören· Sie ist wie ein säuselndes Pfeifen und wie das Brummen des Donners· Mein Herz geht schneller, mir wird heiß·

Ganz traue ich mich nicht an ihn heran, zu heiß, zu gefährlich!
Vielleicht morgen? Den Weg zu ihm kenne ich jetzt·

Der nächste Tag, ich breche auf.
Zu ihm, nur zu ihm!
Der Weg ist weit. Soll ich nicht doch lieber umkehren?
Ich bleibe stehen, Zweifel in mir.
Doch dann höre ich aus der Ferne seine Stimme.
Wie ein säuselndes Pfeifen, wie das Brummen des Donners.
So unwiderstehlich!

Und ich kann nicht anders: Ich gehe weiter. Oder laufe ich schon?
Zu ihm, nur zu ihm!
Da, dunkel und geheimnisvoll steht er vor mir, direkt vor mir!

Ich bleibe stehen, schaue ihn an. Schaue in seine glühenden Augen. Ich drohe zu verbrennen in seinem Blick ···

Schon öffnet er seine Lippen, wie zu einem Kuss.
Sein rauchig heißer Atem umhüllt mich sanft und fordernd.

Und da, da kommt etwas aus seinem heißen Mund:
Dicke rote, glühend heiße Klumpen spuckt er in Richtung Himmel. Dann fallen sie runter und poltern über seine leuchtende Kehle und glühende Brust.
Doch wow, das steht ihm!

Plötzlich verändert sich seine Stimme von einem säuselnden Pfeifen zu einem lauten Zischen und aus dem brummenden Donner wird ohrenbetäubendes Poltern.

Welch eine Stimme, welch eine Kraft!

Mein Herz pocht wild im Rhythmus seiner kraftvollen Stimme.

Ich will noch näher zu ihm.

Doch irgendetwas in mir sagt, nein, ruft: Lauf! Lauf um dein Leben!

Ich bleibe stehen. Bin fasziniert, beinahe wie erstarrt.

Zu stark seine Anziehung, zu heiß seine Glut. Ich kann nur noch eins: In seine rot-glühenden Augen sehen. Ich schaue ihn an, mit zitternden Knien und brennendem Herzen.

Ein Flüstern aus meinem Munde haucht:

"Heißer Geliebter!"

~~~~~~~~~~~~~

Zum vertiefenden Blick:

Ihr wollt mehr über meinen heißen Geliebten wissen?

Er ist Italiener und heißt Stromboli, lebt seit ewigen Zeiten im Mittelmeer, nur wenige Kilometer nördlich von Sizilien. Und er raucht und spuckt täglich Lava gen Himmel, seit etwa 2000 Jahren.

DIE SELTSAME PFLANZE ···

Heute ist mir etwas wundersames passiert· Gerade will ich die Blumen auf meiner Terrasse gießen· Und da, in einem der Blumentöpfe, entdecke ich sie:

Die seltsame Pflanze, in einem großen Blumentopf· Sie ist massig, hat grau-braun-weiß gestreifte Blätter· Eine sehr seltsame Pflanze· Die habe ich noch nie gesehen· Nicht in diesem Topf und auch nicht anderswo· Muss sehr selten sein·

Ob sie viel Wasser braucht? Oder eher wenig? Bevor ich sie gieße, schaue ich besser im Pflanzenbuch nach· Da ist sie nicht zu finden·
Die Pflanze muss seeehr selten sein!
Ob ich sie überhaupt gießen soll?

Aus einer Intuition heraus stelle ich eine kleine Schale mit Wasser direkt neben den Blumentopf·

Da passiert etwas Wundersames:

Die seltsame Pflanze verlässt den Blumentopf·
Ja wirklich: Sie verlässt ihren Blumentopf!

Und sie trinkt das Wasser· Mit einer kleinen rosa Wurzel, die sie hin und her bewegt· Ein Schlabbergeräusch entsteht· Welch seltsame Pflanze! Die kleine Schale ist schnell leer·

Dann geht die Pflanze zu mir·

Ich schwöre: Sie geht!

Auf vier Wurzeln· Sie geht um meine Beine· Und schnurrt· Ja, sie schnurrt! Genauso, wie unser Nachbarkater· Und sie sieht auch genauso aus!

Ich sage es ja:

Eine sehr seltsame Pflanze· Und so wundersam!

Und jetzt ... ist die Pflanze weg!

~~~~~~~~~~~~~

Zum vertiefenden Blick:

Später habe ich erfahren, dass diese seltsame Pflanzenart „Felis Catus" genannt wird oder auch „Hauskatze". Wahrscheinlich, weil sie im Aussehen und Schnurren an Hauskatzen erinnert. Und diese Pflanzenart verkümmert, wenn sie von oben gegossen wird. Intuitiv habe ich alles richtig gemacht!

Aber wo die Pflanze wohl geblieben ist?

Wie verändert sich Deine Welt, wenn Du die Dinge mal anders betrachtest als bisher?

DER TRAUM VOM KLEINEN
SCHWEDENHÄUSCHEN AM FLUSS ···

Mein Mann und ich lieben die Natur· Spazieren gehen,
wandern, fotografieren· Verweilen und Ruhe genießen·
Und wir lieben Schweden·
Manchmal träumen wir von einem kleinen
Schwedenhäuschen am Fluss ···

Gestern waren wir an der Treene, ein Fluss in
Schleswig-Holstein· Sonnenschein, ohne zu warm zu
sein· Natur pur, wie in Schweden· Ruhe· Ein schöner
Spaziergang am Fluss entlang·

Wir gehen um die nächste Kurve·
Und was steht da?

Wir trauen unseren Augen nicht!
Ist das wirklich wahr? Kann das sein?
Da steht es· Direkt vor uns·
Unser Schwedenhäuschen!
Unser kleines Schwedenhäuschen·

Ein wenig alt schon· Und klein· Sehr klein· Doch das
stört uns nicht!
Es ist gemütlich· Sehr gemütlich! Und mit Flussblick·
Unser kleines Schwedenhäuschen!

Seit gestern wohnen wir dort·

Unsere neue Adresse:

Das kleine Schwedenhäuschen an der Treene

~~~~~~~~~~~~

Zum vertiefenden Blick:

Ursprünglich war es mal als Vogelfutterhäuschen gedacht. Aber das stört uns nicht. Gar nicht!

Kommst du uns mal besuchen?

Welche Deiner Träume möchtest Du gerne verwirklichen?

Wann, wenn nicht jetzt?

Wie einfach kann das sein?

KATZEN-YOGA

[nach Katzendame Suki]

1· Ausgangsstellung, "Die Weitblickkatze":

Auf die *Hinterbeine* setzen, die *Vorderbeine* breit aufstellen, den Blick geradeaus in die Weite· Den Schwanz nach hinten strecken· Dabei tief ein- und ausatmen·

Für diese Stellung, wie auch für alle folgenden Figuren gilt:
In jeder Stellung 1-2 Minuten verbleiben· Dabei tief ein- und ausatmen·

2· Übergang zu Figur 1, "Die gebeugte Katze":

Einatmen und dann beim Ausatmen eine kleine Drehung nach rechts, den Kopf nach unten beugen, das Kinn locker an den Bauch lehnen·

3. Figur 1, "Die schräge Katze":

Beim Einatmen den Schwanz in einer kleinen Schleife nach rechts legen. Beim Ausatmen dann das linke Hinterbein locker auf dem Boden zwischen den Vorderbeinen hindurch nach vorn schieben, und gleichzeitig das rechte Bein nach vorn in die Luft strecken. Einatmen und beim nächsten Ausatmen das Kinn locker auf das rechte Hinterbein legen.

4. Figur 2, "Die Kringelkatze":

Einatmen und beim Ausatmen das Kinn an den Bauch drücken, dabei das rechte Hinterbein leicht nach rechts oben anheben und strecken.

5. Figur 3, "Die Siegerkatze":

Beim Einatmen die Vorderbeine etwas breiter aufsetzen, für einen sicheren Halt und den Schwanz gerade und so weit wie möglich rechts strecken· Beim Ausatmen das rechte Hinterbein gerade nach links oben strecken, das linke Hinterbein vorn lassen·

6· Figur 4, "Die Flachbauchkatze"

Zum Abschluss noch eine kleine Übung zur Entspannung, auch für Anfänger gut geeignet· Diese Übung erklärt sich anhand des Fotos ganz von selbst· Wichtig ist, dass der Bauch ganz platt auf dem Boden liegt·

7· Wieder in die Ausgangsstellung gehen und alle Übungen (1-6) in der gleichen Reihenfolge, aber seitenverkehrt wiederholen·

~~~~~~~~~~~~

Zum vertiefenden Blick:

Zuerst ein herzliches Dankeschön an Katzendame Suki, die sich freundlicherweise bereit erklärt hat, einige Übungen aus ihrem reichhaltigen Repertoire zum Besten zu geben·

Alle Katzen-Yoga Übungen sind bestens zum Nachmachen geeignet, und sehr gesund für Körper und Geist· Viel Spaß bei den Übungen!

Wie hältst Du dich körperlich und seelisch fit und gesund?

DER KOFFER FÜR BENNY

Schon bin ich am Haus angekommen, den leeren Koffer in der Hand. Ich drücke auf den Klingelknopf, ein Surren ertönt und ich ziehe die Tür auf.

Meine Freundin wohnt im dritten Stock. Puh, das sind viele Stufen, also los. Den Koffer für ihren Sohn Benny habe ich in der Hand. Benny geht morgen auf Klassenfahrt und die Reisetasche der Familie hat sich als zu klein herausgestellt. Also helfe ich mit meinem großen Koffer aus.

Noch mehr Treppen steigen, dann endlich stehe ich vor der Tür. Ich betätige den Klingelknopf. Eine Frau öffnet die Tür. Dass es nicht meine Freundin ist, stört nicht. Denn das ist typisch, immer hat meine Freundin Besuch von den unterschiedlichsten Leuten, die auch gleich in das tägliche Leben eingebunden werden. Die Frau kommt mir vage bekannt vor, ich lächle sie an.

„Hallo, ich bringe den Koffer für Benny", sage ich fröhlich zu ihr. „Hallo", antwortet die Frau unsicher und macht die Tür ein wenig weiter auf. Gerade weit genug, dass ich eintreten kann. Ich gehe einige Schritte in den Flur und rufe laut in die Wohnung: „Hallo Benny, dein Koffer ist da!" Daraufhin öffnet sich eine Tür in der Wohnung und ein Mädchen schaut aus dem

Zimmer· Ich kenne das Mädchen nicht· Und auch den Mann, der in der Küchentür steht, kenne ich nicht· Typisch meine Freundin· Immer hat sie Besuch von den unterschiedlichsten Leuten! Aber wo ist meine Freundin? Und wo ist Benny?

„Hallo, ich bringe den Koffer für Benny", rufe ich wieder laut in die Wohnung· Die Frau, das Mädchen und der Mann stehen bewegungslos und schauen mich an· Irgendwie komisch, gar nicht die offenen Typen Menschen, die sonst meist bei meiner Freundin zu Besuch sind· Aber vielleicht geht es ihnen nicht gut· Vielleicht ist ihnen etwas Schreckliches passiert und meine Freundin mit ihrer sozialen Ader hat sie aufgenommen· Ich werde bestimmt gleich tröstende Worte für sie finden, aber erst will ich den Koffer zu Benny bringen·

Ich gehe ein paar Schritte in Richtung seines Zimmers· Nun stehe ich mitten im Flur· Da fällt mir auf, dass neue Möbel im Flur stehen· Und neu tapeziert ist auch· Das hat meine Freundin mir gar nicht erzählt· Ungewöhnlich· Und von meiner Freundin und von Benny ist immer noch nichts zu sehen und nichts zu hören· Komisch·

„Hallo Benny", will ich wieder rufen, doch bleiben mir die Worte im Hals stecken·

Irgend etwas stimmt hier nicht. Ganz und gar nicht!
Mein Magen krampft sich zusammen.
Meine Freundin hätte längst aus dem Hintergrund
„Hallo" gerufen, wenn sie hier wäre.
Und Benny?
Der kann es nie abwarten, mich zu sehen.
Wo ist er?

Ich wende mich wieder der Frau zu, die immer noch bewegungslos, beinahe wie erstarrt, in der offenen Tür steht. Ich schaue sie genauer an. In böser Vorahnung. Wieder fällt mir auf, dass sie mir vage bekannt vorkommt. Aber woher? Da löst sie sich aus ihrer Erstarrung, öffnet ihren Mund und sagt leise:

„Benny wohnt eine Etage weiter oben."

~~~~~~~~~~~~

Zum vertiefenden Blick:

Jetzt über sich selber lachen können!
Kannst Du das?

EPILOG

Ein neuer Abschnitt meines Lebens beginnt.
Seit kurzem bin ich frei für das, was ich tun möchte.
Was ich wirklich tun möchte. Schon so lange.

Nun endlich rückt das Schreiben meiner Bücher in den
Mittelpunkt meines Wirkens.
Und manches mehr.
Mit leuchtenden Augen.

Ich schreibe.
Schreibe Geschichten.
Für Kinder und im Herzen jung gebliebene.
Geschichten, aus denen Bücher entstehen.
Die mit leuchtenden Augen gelesen werden.

Ich coache und berate.
Höre zu, trockne Tränen.
Drehe den Blickwinkel um.
Und plötzlich ist alles leicht.
Die getrockneten Augen leuchten wieder.

Ich erkläre.
Etwas, das gestern noch schwer war.
Doch meine Worte machen es leicht.
Ganz einfach.
Und schon hat jemand mit leuchtenden Augen etwas
Neues gelernt.

Möchtest auch du mit leuchtenden Augen Geschichten lesen, Probleme lösen und leicht lernen? Dann bist du hier richtig. Genau richtig!

Herzlich
Vera E·B· Schönfeld

··· mit leuchtenden Augen!

MIT WACHSAMEN AUGEN

Natürlich hat es auch für dieses Buch wachsame Augen gegeben, die alle Geschichten Probe gelesen und vor allem fleißig meine Fehler korrigiert haben.

Danke, liebe Sabine Ringering
und danke, liebe Stella Callsen
für eure wachsamen Augen beim Korrekturlesen
der Geschichten,
für die liebevollen Rückmeldungen,
und für die vielen wichtigen Hinweise
zu Formulierungen und Inhalten.
Ihr habt mir geholfen,
das gesamte Buch noch besser zu machen.

Danke dafür!

Sollte es trotz dieser wachsamen Augen noch Fehler in diesem Buch geben, so liegt das gewiss nicht an diesen beiden engagierten Frauen. Sondern wie immer an meiner eigenwilligen Art zu schreiben. Ich nenne es "künstlerische Freiheit".

MIT DANKBAREN AUGEN

Ein herzliches Dankeschön von mir geht an
Stefanie Kolb (www·stefanie-kolb·de)
für das wunderbare Logo "Mit leuchtenden Augen"·
Es ist wunderschön geworden!

Mein ganz besonderer Dank gilt allen LeserInnen meiner
kleinen Geschichtchen, die ich immer wieder in den
sozialen Medien veröffentliche· Eure positiven und
liebevollen Rückmeldungen haben mir den Mut gemacht,
ein Buch mit Geschichten für Erwachsene –
Entschuldigung: "im Herzen jung gebliebene" – zu
veröffentlichen· Danke!

Ein liebes Dankeschön auch an alle Nichtgenannten, die
mich beim Erstellen diese Buches unterstützt haben·

ANMERKUNGEN

Ich freue mich, wenn es Dir Freude gemacht hat, dieses
Buch zu lesen· Über Rückmeldungen aller Art freue ich
mich, ganz besonders, wenn Du mit einer Rezension auf
Amazon oder anderen Buchportalen deine positiven
Erfahrungen mit diesem Buch teilst· Wie sonst sollen
andere LeserInnen wissen, wie gut dieses Buch ist?

Covergestaltung und alle Fotos: © Vera E·B· Schönfeld

DIE AUTORIN

Vera E.B. Schönfeld ist noch nicht alt, aber auch nicht mehr ganz jung. Geboren ist sie im Juli 1963 im schleswig-holsteinischen Blumenthal. Berufe hat sie viele: Neben Schriftstellerin und Kinderbuchautorin ist sie auch Montessori Pädagogin, Elektroingenieurin, pädagogisch-psychologische Beraterin und NLP-Coach.

Sie erzählt und schreibt gerne Geschichten, wahre und erfundene, zum Motivieren und Transformieren, zum Erklären und Lehren und natürlich immer für leuchtende Augen! Auch Gedichte und Liedertexte schreibt sie, Unterrichtsmaterialien und Facharbeiten. Sogar die beliebte Kinderbuchreihe "Geschichten von Frau UseBuse" stammt aus ihrer Feder.

Als NLP-Coach hilft sie Menschen, ihre Ängste oder einschränkenden Verhaltensmuster in Vertrauen und Freiheit zu verwandeln, um mit leuchtenden Augen zu leben.

Auch wandert Vera Emmi Berta Schönfeld oft durch die Natur und schwimmt gerne. Sie macht Urlaub in Ländern mit Wasserfällen, Bibern oder Vulkanen, am Liebsten zusammen mit ihrem Mann, besonders oft in Schweden. Dort versorgt sie sich auch mit den Büchern ihrer Lieblingsautorin, Astrid Lindgren. Um deren

Bücher im Original lesen zu können, hat sie sogar Schwedisch gelernt!

Ihr Sohn und ihre Tochter sind längst erwachsen und ihre Enkeltochter geht auch schon zur Schule. Mit ihrem Mann und ständigem Tierbesuch lebt sie in einem kleinen Häuschen mit großem Naturgarten in Kollerup, dem wunderschönen Kollerup in Schleswig-Holstein.

Alles in Allem:
Vera E.B. Schönfeld ist eine ganz normale Frau
··· aber das hat noch niemand bemerkt. ☺

Kontakt:
v·e·b·schoenfeld@web·de

facebook:
Vera E B Schönfeld
Instagram:
Vera E·B· Schönfeld
YouTube:
Vera E·B· Schönfeld

www·geschichten-von-frau-usebuse·de

Podcast: Mit leuchtenden Augen einschlafen

GESCHICHTEN ERZÄHLEN:

Wie ich zum Geschichten erzählen und schreiben gekommen bin

"Erzählst du mir noch eine Geschichte?"

Frage ich mit hoffnungsvollen Kinderaugen. "Nein", antwortet meine Mutter, "ich habe dir doch schon so viele Geschichten erzählt. Nun will ich Mittagessen kochen, sonst wird es zu spät!" Ihr Tonfall ist sehr bestimmt und ich weiß, dass weiteres Fragen zwecklos ist. Traurig lasse ich meinen Kopf hängen. Meine eben noch hoffnungsvoll leuchtenden Kinderaugen blicken leer zu Boden. Wie schade! Ich höre sooo gerne Geschichten, immer wieder!

Meine Mutter erzählt mir oft Geschichten. Meist Geschichten von früher, als meine Mutter noch Kind war. Die Geschichte, wo meine Mutter in die Wassertonne gefallen war und ihr ältester Bruder sie wieder rausfischte. Oder die Geschichte, wie meiner Mutter ihre Puppe gestohlen wurde. Ihre wunderschöne Puppe, die sie doch eigentlich für ihre Tochter aufbewahren wollte, wenn sie später eine hätte. Also für mich!

Mit leuchtenden Augen höre ich den Geschichten meiner Mutter zu.

Doch nun gibt es keine Geschichte mehr· Mein Blick fällt auf meine Puppen Maike, Lolli und Bienchen, die neben mir auf der Küchencouch sitzen· Sie schauen mich mit erwartungsvollen Puppenaugen an· "Soll ich euch eine Geschichte erzählen?" frage ich· "Oh ja", rufen alle drei wie aus einem Munde· Doch mir fällt keine Geschichte ein· "Oder du liest uns einfach eine Geschichte vor", schlägt Bienchen vor· Die anderen beiden nicken· "Oh ja, oh ja", rufen sie·

Lesen kann ich noch nicht· Doch die Geschichten in meinem Bilderbuch kenne ich alle auswendig· So oft wurden sie mir schon vorgelesen· "Kikeriki, so macht der Hahn ···", lese ich vor· Meine Puppen hören aufmerksam zu· Ihre leuchtenden Puppenaugen strahlen mich an·

Mir wird warm ums Herz·
Meine Kinderaugen strahlen wieder·

Und ich lese weiter, bis das Buch zu Ende ist· Und dann erzähle ich noch Geschichten· Viele Geschichten, von früher, als ich noch klein war·

20 Jahre später·

"Erzählst du uns noch eine Geschichte?"

Fragen meine Kinder mich mit hoffnungsvollen Kinderaugen· Und ich erzähle eine Geschichte· "Als ich noch ein Kind war", fange ich an von früher zu erzählen, "da habe ich auch so gerne Geschichten gehört wie ihr." Und meine Kinder hören mir aufmerksam zu. Ihre leuchtenden Kinderaugen strahlen mich an.

Mir wird warm ums Herz.
Und meine Mutteraugen strahlen. Sie spiegeln den Glanz in den Augen meiner Kinder wider.

Ich erzähle weiter. Und weiter und weiter. Als mir keine Geschichten von früher mehr einfallen, denke ich mir Geschichten aus und erzähle sie. Die Geschichten von Frau UseBuse und andere Geschichten. Oder ich lese Geschichten vor.

25 Jahre später.

"Erzählst du mir noch eine Geschichte?"

Fragt meine Enkeltochter mich mit hoffnungsvollen Kinderaugen. Und ich erzähle eine Geschichte. "Frau UseBuse kommt von einer Weltreise zurück", erzähle ich, "von einer weiten Weltreise. Sie hält ihren Koffer in der Hand, den großen schweren Koffer. Frau UseBuse geht zu ihrer Haustür. Doch die Haustür ist weg. Ganz weg! ···" Und meine Enkeltochter hört mir aufmerksam zu. Ihre leuchtenden Kinderaugen strahlen mich an.

Mir wird warm ums Herz.

Und meine Omaaugen strahlen mit den Kinderaugen um die Wette.

Ich erzähle weiter. Und weiter und weiter. Und wenn meine Enkeltochter gerade nicht zu Besuch ist, dann schreibe ich die Geschichten von Frau UseBuse auf. Und lese sie ihr vor, wenn sie wieder da ist.

Es werden immer mehr Geschichten, es ist so schön, sie zu schreiben. Die ersten Bücher mit den Geschichten von Frau UseBuse sind schon erschienen und es werden immer mehr …

Beim Schreiben stelle ich mir vor, dass viele Kinder den Geschichten aufmerksam zuhören. Und dass meine Bücher viele Kinderaugen zum Leuchten bringen. Und viele Erwachsenenaugen auch.

Mir wird warm ums Herz.
Und meine Geschichtenschreiberinaugen strahlen. Und strahlen und strahlen …

WEITERE BÜCHER DER AUTORIN

Vera E·B· Schönfeld ist die Autorin der beliebten Kinderbuchreihe **"Geschichten von Frau UseBuse"**·

Das sind besondere Vorlesebücher mit Ausmalbildern (von www·stefanie-kolb·de) für pfiffige Kinder von etwa 3-8 Jahren; schön, lustig und lehrreich· Vorlesezeit je Geschichte etwa 5-10 Minuten,

Für leuchtende Kinderaugen!

In jeder der Geschichten kommt Frau UseBuse von einer weiten Weltreise zurück· Sie geht mit ihrem großen, schweren Koffer in der Hand nach Hause und dann passiert etwas Lustiges, Interessantes, Lehrreiches und manchmal auch Verrücktes·

Alle Geschichten sind in sich abgeschlossen und besonders gut geeignet zum Vorlesen als Gute-Nacht-Geschichte· Denn am Ende ist Frau UseBuse immer müde, sehr müde ... und schläft sofort ein· Immer? Ja, immer!

In diesen Büchern dürfen Kinder kreativ werden! Bilder ausmalen oder sich eigene Details ausdenken und dazu malen· Am besten mit Buntstiften·

Und in jedem der Bücher gibt es pädagogische Informationen für Eltern, Großeltern und andere Vorlesende· In den neuen Bänden gibt es zusätzlich Informationen zu den Geschichten und Spielideen·

Bisher in der Reihe erschienen:

Frau UseBuse macht alles anders. Ganz anders!

10 Geschichten von Frau UseBuse (2020)

Für leuchtende Kinderaugen!

Denn leuchtende Augen, die bekommen Kinder, wenn sie schon vor Frau UseBuse erahnen, wer das riesengroße, dunkle Monster ist. Oder wenn sie sich mit Frau UseBuse freuen, wie sie auf witzige Weise alles anders macht. Oder wenn sie mit Frau UseBuse die Angst vor der großen, dicken Spinne überwinden. Oder wenn ...

Zu jeder der Geschichten gibt es noch kindgerechte Zusatzinformationen oder Spielideen im Kapitel "Frag Frau UseBuse".

Coronavirus? Frau UseBuse weiß, was zu tun ist!

6 Geschichten von Frau UseBuse (2020)

Frau UseBuse zeigt, wie sie die Angst vor dem Coronavirus in Vertrauen umwandelt. Und was sie macht, wenn sie zu Hause bleiben muss und nicht auf Weltreise gehen kann. Oder wenn sie Langeweile hat oder wenn sie sich mit ihrem Nachbarn treffen möchte. Zum Glück hat Frau UseBuse eine Menge Ideen: Gute, ungewöhnliche, kreative und witzige Ideen!

Mit ausführlichem Informationsteil zum Thema für Kinder und Erwachsene.

Frau UseBuse hat eine Idee. Eine gute Idee!

10 Geschichten von Frau UseBuse (2019)

Für leuchtende Kinderaugen!
Denn leuchtende Augen, die bekommen Kinder, wenn sie schon vor Frau UseBuse erahnen, wo die verschwundene Haustür ist. Oder wenn sie schon längst vor Frau Usebuse wissen, was sich in dem langen Päckchen befindet. Oder wenn sie Frau UseBuse auf die Rutsche begleiten und mit ihr die angst vor der Höhe überwinden. Oder wenn ...

Vergriffen! Neuauflage demnächst unter neuem Titel:
Wo ist der Koffer? Der große, schwere Koffer von Frau UseBuse

10 Geschichten von Frau UseBuse (2017)

Was macht Frau UseBuse auf dem Baum? Und warum hat Frau UseBuse noch die Zahnpastatube in der Hand, obwohl sie ihre Zähne putzen will? Was ist das unangenehm riechende Braun-Schwarze in Ihrem Koffer? Und woher kommt das komische Geräusch, etwa von einem Einbrecher? Pfiffige Kinder kennen die Antwort schon lange vor Frau UseBuse und lachen sich schlapp!